À cœur ouvert

Ingrid Chauvin

À cœur ouvert

PLON
www.plon.fr

12, avenue d'Italie
75013 Paris
Tél. : 01 44 16 09 00
Fax : 01 44 16 09 01
www.plon.fr

ISBN : 978-2-259-22958-6

« Tu n'es plus là où tu étais mais tu es partout là où je suis. »

Victor Hugo.

Prologue

Le train file, me berce et m'emporte vers le sud. Je rêve au rythme des battements de mon cœur, et à mon rêve se mêle le goût salé de mes larmes que je ne peux retenir. Les wagons glissent en cadence sur les rails avec un chuintement soyeux. Dans quelques heures, nous serons à Nice. Mes pensées s'envolent vers cette ville où, il y a bientôt un an, j'ai donné la vie. Le week-end se déroulera dans la charmante commune de Beausoleil qui surplombe Monaco. Je ne suis pas mécontente de me poser dans un endroit vierge de souvenirs, sans repères pour moi. La date anniversaire de la naissance de ma princesse approche et c'est pour moi une période profondément douloureuse. Jade dans quelques jours aurait un an. Elle ferait sûrement ses premiers pas.

Mais je ne les verrai pas.

Je l'imagine, je l'entends, je lui parle. Des images d'elle défilent sans arrêt dans ma tête : celles du joli bébé qu'elle était se mélangent à celles de la petite fille qu'elle serait devenue. Parfois, elle surgit devant moi avec une acuité qui m'étonne moi-même. Son sourire et son regard sont restés intacts dans ma mémoire; je la vois souvent rire, et cela me fait autant de bien que de mal. Marion, la bienveillante assistante du professeur Raisky, nous disait souvent que le visage apaisé et souriant de notre fille démontrait qu'elle était heureuse.

Le paysage défile devant la fenêtre du train. Les pins parasols ont remplacé les peupliers. Le soleil filtre gentiment à travers leurs branches de fine dentelle et couvre d'or le paysage autour de moi. Bientôt nous serons arrivés. Je regarde le ciel et ses nuages aux formes changeantes qui ne cessent de s'animer, j'y vois des visages, des silhouettes douces, des peluches parfois, j'y déchiffre ce que mon esprit et mon cœur ont envie de voir. Il y a dans le ciel, à travers les nuages, comme un regard qui veille sur moi, un regard qui me frôle et qui soudain disparaît. L'espace d'un instant, je redeviens une gamine, je joue à «un, deux, trois, soleil» : je me détourne, et à trois, j'observe le ciel, pour surprendre ce regard qui doucement me caresse.

Pas un seul instant de ma vie sans que ma fille m'accompagne. Je dois me résoudre à l'idée qu'elle n'est plus et que nous sommes séparées. Je dois accepter que la douceur de sa peau m'est à jamais inaccessible, que je ne verrai plus ses yeux en amande bordés de longs cils, ses yeux si vivants, tellement expressifs que je ressentais tout ce qu'elle éprouvait. Je vais devoir accepter... mais je n'arrive pas à m'y résoudre. Je dois me battre, encore et encore, pour trouver la force de continuer à exister.

Le plus dur, pour nous qui sommes habités par cette indicible douleur, est de puiser en nous une raison de vivre, un but, une cause à défendre, pour soi ou pour autrui.

Simplement paraître normale est un effort au quotidien sans nom, mais je m'efforce, malgré cette douleur infinie qui pèse si lourdement sur mes épaules, à rester debout. Pour combien de temps ? Je n'en sais rien. Chaque jour qui passe est une victoire sur le deuil, chaque jour qui passe me rapproche davantage de celui où l'on se retrouvera...

Bien des couples se déchirent lorsqu'ils doivent affronter une grande douleur. Cela peut sembler compréhensible. Notre vie, à mon mari et à moi, a basculé ce 25 mars 2014 avec la brusque disparition de notre petite fille. Et depuis, au fil des jours, avec tout notre courage, nous nous battons contre l'intolérable. Je pense sincèrement que l'amour inconditionnel que nous portons à notre fille nous donne cette incroyable force de survie. Nous ne réagissons pas toujours de la même façon ni au même moment, et, pour ne pas l'entraîner avec moi lorsque la douleur me submerge, parfois je m'isole.

Je pense que cela lui arrive également. C'est évidemment très dur pour mon mari, je le sais, parce qu'il doit continuer à jouer l'homme fort, rester à la barre contre vents et marée, alors que, comme moi, son âme s'effondre.

Avancer dans le deuil sans se heurter demande de la compassion, du respect, et beaucoup d'amour. Ce sont heureusement des choses naturelles pour nous. Malgré tout, je me sens comme à moitié morte. Les mois s'écoulent, mais la plaie reste vive et béante en moi. Je m'agrippe à la vie, comme je me suis arc-boutée à la rambarde du balcon, ce 25 mars, où, dans un vertige, j'ai eu envie de passer par-dessus bord. Je m'y cramponne encore, quelquefois.

Mon mari et moi, nous nous sommes dit « oui » mutuellement pour le meilleur et pour le pire, et nous partageons aujourd'hui le pire du pire. Chacun essaie de sauver l'autre, chacun avec sa souffrance impossible parfois à communiquer. Combien de fois ai-je attendu qu'il s'endorme pour laisser échapper ma douleur ? Seule dans le silence de la nuit, avec mon trop-plein de larmes, je me retrouve face à cette réalité trop violente que je n'arrive plus à supporter.

Jade m'accompagne dans mes pensées, chaque jour, et me suit partout où je vais. Je lui parle, avec mon cœur. J'emporte toujours avec moi son doudou et sa tétine. Certains diront que ce n'est pas bien, mais je n'écoute personne. Je ne peux pas entendre ceux qui ne savent pas... Il n'y a pas à mes yeux de règle établie pour faire son deuil. Chacun le fait comme il peut, avec ses forces et à son rythme.

Parfois, j'ai besoin de marcher, de m'évader. Rester à la maison devient insoutenable. Je marche au hasard des rues, sans trop savoir où je vais. Peu m'importe. Manger du temps, penser moins, s'épuiser physiquement pour mieux s'écrouler le soir. Réapprendre à respirer, à regarder d'autres enfants sans pleurer, contempler leurs sourires et sourire avec eux, puis repousser l'envie irrésistible d'en attraper un et de le serrer contre soi. Le manque du contact physique est tellement puissant que cela en devient parfois obsédant. Ressentir ne serait-ce qu'un instant la chaleur de ce petit corps contre le mien... J'en arrive presque à comprendre le geste désespéré de certaines femmes qui vont jusqu'à kidnapper des bébés. Évidemment, c'est abominable, jamais il ne me viendrait à l'idée de faire une chose pareille, mais je comprends ce désarroi insondable qui pousse aux gestes désespérés.

Je divague, mon esprit s'enfuit, je suis comme une toxicomane en quête de sa dose. Ça fait mal physiquement. Parfois j'aimerais crier, hurler ma douleur, j'aimerais courir à perdre haleine comme pour me débarrasser de cette peine, la sortir de mon ventre. Me jeter dans le vide et m'envoler, retrouver un semblant de légèreté. Qui n'a jamais désiré s'envoler ? Un jour, un seul ? Parfois dans mes rêves j'y parviens. De cette envolée vertigineuse, mon cœur se soulève et je me réveille. Je reviens à la vie avec son cortège de désespoir et de larmes...

Mes mots sont parfois durs, violents ou même désespérés, mais malgré ma détresse, j'essaie de toutes mes forces de réapprendre à rêver.

Les miens me soutiennent de leur mieux et cela m'est infiniment précieux. Je ne parle pas du support que m'apporte mon mari, sans lequel il me serait impossible de survivre. Je parle du vôtre, amis inconnus, qui, depuis quelques mois, ne cesse de s'amplifier. Vous m'avez tellement touchée par l'incroyable gentillesse de vos messages. Je vous en remercie du fond du cœur, sincèrement. Vos témoignages, l'histoire de vos parcours, de vos chagrins et de vos luttes, que vous me confiez avec générosité, vos mots pleins de bonté et d'amour m'accompagnent tous les jours et m'aident à vivre. Je voudrais vous serrer dans mes bras et vous dire encore que mon affection et ma reconnaissance vous sont acquises à tout jamais.

Je pense à celles et à ceux qui vivent cette même terrible épreuve : je connais leur douleur, elle est la mienne. Leurs paroles résonnent dans ma tête, elles pourraient être les miennes. Savoir que l'on n'est pas seul dans la tourmente ne soulage pas forcément, mais je sais que j'ai eu besoin de me plonger dans les témoignages de certains d'entre vous, parce que je m'y retrouvais et qu'ils me donnaient le sentiment d'être réellement comprise par vous qui partagez le même chagrin.

Partager. C'est ce que j'ai voulu faire en écrivant ce livre. Transmettre un peu de la force qui me reste pour vous aider, si je le peux, à avancer, vous qui souffrez comme je souffre. Je vous livre, à vif, mon parcours de femme et de maman. Faites-en votre guide sur le chemin ardu de la guérison. Car on guérit du malheur. On n'oublie pas, mais la souffrance devient une amie familière et le goût de vivre prend doucement la place du désespoir. J'aimerais donner cet espoir à celles et à ceux qui se battent seuls, en plein milieu du chemin de leur douleur. J'aimerais leur dire que le manque et le malheur s'apprivoisent. Qu'il suffit d'apprendre à vivre avec ces amers compagnons. Et trouver le courage d'imaginer les jours meilleurs pour arriver à leur donner réalité. Vous l'écrire, incontestablement, m'aide à penser que cela est possible. Me lire vous aidera peut-être à y parvenir. Je le souhaite de tout mon cœur. Au cours de ces pages, nous cheminerons ensemble. Vous saurez tout de mes espoirs, de mes joies, de l'immense bonheur que cela a été pour moi de donner la vie. Et enfin, j'essaierai (mais les mots me paraissent bien faibles) de vous dire la mort, la déflagration qui m'a brisée et dont je n'arrive toujours pas à me relever. Je suis encore si fragile. Partager justement, avec vous qui avez su toucher mon cœur, est une sorte d'exutoire. Puissions-nous ensemble, de cette douleur abominable, faire germer l'espérance.

Je pense à Nanou, la petite sœur de maman. Nanou, la Nadine avec qui maman me confondait volontiers quand j'étais petite fille. Sa vie à elle s'est brisée, un jour de février, il y a une quinzaine d'années. Elle sait tout de l'horreur, de la souffrance et de la torture de perdre un enfant. Aujourd'hui, elle est pour moi un vrai refuge, c'est avec elle que je partage ma souffrance, parce que je me sens comprise, parce qu'elle sait ce que je ressens, tout simplement. Je l'admire et je prends exemple sur sa sagesse, sa force, et sa générosité.

— Après la vie, il y a la vie, me dit-elle. Différente peut-être, mais la vie.

1

Quand la vie se brise

La nuit avait été un peu agitée. Contrairement à son habitude, notre jolie princesse avait eu du mal à s'endormir, elle semblait mal à l'aise, agitée, et se plaignait doucement. Jade restait gracieuse même quand elle pleurait. Elle avait une petite voix, douce et harmonieuse, qui vous faisait fondre le cœur. Son papa l'avait tenue contre lui une grande partie de la nuit pour essayer de la soulager.
J'avais pris la relève, récupéré ma fille. Nous nous étions posées ensemble dans sa chambre. Après l'avoir bercée, câlinée, elle avait fini par s'apaiser.

Je n'ai jamais osé la laisser dormir seule. La journée, oui, mais nous avions toujours à portée de nous le Babyphone qui nous permettait de la voir et de l'observer à distance. La nuit, cela m'était impossible. J'avais ce besoin maternel de la sentir, de la voir, d'avoir sa main délicatement posée sur la mienne. Je n'aurais pas pu rompre ce lien devenu vital. Nous avions installé un Cododo, un système très astucieux qui permet au bébé d'être couché près de sa mère en toute sécurité, dans le prolongement de son lit. Il n'y a pas de séparation entre les deux, mais l'enfant est protégé par une barrière pour l'empêcher de tomber de l'autre côté. Ainsi je pouvais dormir en tenant la main de ma petite princesse. Un pur bonheur. Je pouvais aussi facilement replacer sa tétine fétiche qu'elle ne manquait pas de réclamer chaque fois qu'elle s'échappait de sa bouche. Ainsi nous dormions rarement plus de deux heures et demie d'affilée, mais nous étions rassurées l'une et l'autre par cette communion. J'avais adopté son rythme, chamboulé le mien. Qu'importe ! Ces premiers mois de vie pour moi étaient précieux, je ne voulais rien manquer, je voulais être témoin de chaque instant. La moindre petite évolution était une merveille à découvrir. Communiquer avec le regard d'abord, puis avec les gestes, les mimiques, les sourires, les fous rires et ses gazouillis. Nous nous extasiions de tout, nous étions fascinés, mon mari et moi. J'avais à mes côtés ce petit bout de moi et cela éblouissait ma vie. J'adorais ces moments où, dans un demi-sommeil, l'une contre l'autre, nous récupérions. Ses petites mains s'accrochaient dans mes cheveux, son regard intense se plantait dans le mien. Cœur à cœur, nous profitions de ces instants magiques d'intense bonheur. Avoir mon enfant blottie contre moi, jamais je n'avais ressenti quelque chose d'aussi fort. Je rentrais avec béatitude dans mon plus beau rôle, celui pour lequel je me sentais faite, celui de maman. Mon vœu le plus cher s'était réalisé.

Mon existence tout entière, mon amour absolu seraient pour elle, mon enfant, ma fille. Je me sentais le devoir, la possibilité et l'immense désir de lui donner le meilleur, de la protéger, de lui apporter tout le bonheur du monde. J'avais, là, devant moi, le cocon familial harmonieux, joyeux et rempli d'amour qui avait toujours été ma priorité et qui m'habitait depuis l'enfance. Ma vie, réellement, concrètement, avait pris du sens depuis ce jour de février où j'avais appris ma grossesse.

Comment aurais-je pu imaginer, ne serait-ce qu'une seconde, que nous étions en train de partager notre dernière heure ensemble !

Je l'ai déposée dans son lit et j'ai disposé autour d'elle ses compagnons préférés, mis en marche son mobile musical – celui qui la captivait tant – pour la faire patienter jusqu'au prochain câlin. Je m'apprêtais, moi, au rituel du matin, avec la préparation culinaire de sa journée. Les doses de chacun des ingrédients étaient calibrées au millilitre près, son lait était enrichi avec du gras, du sucre, des vitamines, de l'épaississant pour tenter de contrer ses nombreuses régurgitations, puis enfin

– et c'était la petite touche agréable – j'y ajoutais de l'extrait de vanille afin de titiller ses papilles capricieuses.

Un silence inhabituel, soudain, me sort de ma routine et m'attire vers la chambre. Jade a l'air de s'être finalement endormie, je peux la voir de là où je me trouve. Rassurée, j'aurais pu faire demi-tour, mais j'ai ce besoin de m'approcher. Tendrement, je la regarde : sa respiration semble s'être calmée.

Jade, avec sa pathologie cardiaque, avait un rythme respiratoire accéléré par rapport aux autres enfants, nous nous y étions habitués, cela faisait partie d'elle, c'était sa petite particularité.

Une fraction de seconde, j'ai cru à une amélioration soudaine, à un retour à la normale qui aurait pu se produire grâce au petit cerclage qui lui avait été posé.

Je me suis penchée vers ma fille. Et, à partir de ce moment, tout, absolument tout, est allé très vite, dans la réalité et dans ma tête. Sans que je le réalise vraiment, Jade était en train de nous quitter. Ses iris se sont voilés jusqu'à s'éclaircir, son pouls s'est ralenti, encore et encore... jusqu'à s'arrêter.

J'étais en train d'assister, impuissante, sans rien y pouvoir, à la mort de ma fille, l'être qui m'était le plus cher au monde. Je la sentais partir.

J'ai tenté de la réveiller, de la faire revenir. Affolée, j'ai crié à mon mari :

— Chéri, elle ne respire plus !

Alors en plein sommeil, mon cri l'a fait bondir hors du lit.

Et pendant ce temps, Jade, mon bébé, notre amour, s'en allait, elle partait… elle était partie…

Dans le plus grand désarroi, j'ai tenté un premier bouche-à-bouche. Mon mari, survenu en trombe, m'a crié à son tour d'appeler les pompiers. Il a pris notre fille dans ses bras, a commencé à lui faire un massage cardiaque. Les pompiers, au bout du fil, nous indiquaient le nombre et la fréquence des pressions à effectuer.

Nous étions en train de vivre pire que l'horreur.

J'avais compris – je savais – qu'il était trop tard, que rien ne la ramènerait. Malgré tout, nous avons agi avec l'énergie du désespoir. Affolés, submergés par la terreur, nous étions là, avec le corps inerte de notre enfant que nous essayions de ramener à la vie.

Les secondes, les minutes sont des heures, le temps se fige, les pompiers n'en finissent pas d'arriver.

Je les supplie et je pleure, au rythme des pressions que je communique toujours à mon mari.

La vue de ma fille sans réaction, sans vie, est abominable.

Un pompier, deux, trois, quatre, six, je ne sais plus, puis le Samu, finissent par débouler dans l'appartement. Je suis terrorisée.

Chacun prend alors sa place autour de notre fille.

Nous sommes écartés de cette effroyable vision, la porte de la chambre lourdement se referme.

Nous voilà seuls, pétrifiés, anéantis, à attendre qu'un miracle se produise, avec cet espoir fou que la vie soit plus forte que tout. Mon mari veut rester confiant : tant que les pompiers sont avec Jade, c'est qu'il y a de l'espoir...

Agrippée à la rambarde du balcon, je tente de reprendre mon souffle, de respirer. Effondrée, mon regard s'échappe vers le ciel, vers le sol, en un éclair ma vie tout entière défile dans mon esprit et il me semble que j'en suis à la fin.

Je sens le regard de mon mari posé sur moi, il me transperce. J'y déchiffre toute la souffrance, tout l'amour, tout, absolument tout ce que nous partageons de fabuleux, de fort et d'unique depuis notre rencontre. Je pense à mes parents, à mes grands-parents, à notre famille. Je n'ai qu'une envie : mourir. Sans un mot, il me semble que nous nous sommes compris. Lentement je me laisse glisser sur le sol et reste prostrée.

Après plus de quarante-cinq minutes d'une interminable attente, la porte de la chambre s'ouvre. Les regards pleins d'impuissance et de désespoir de tous ces hommes me glacent le sang : « Nous sommes désolés ! »

Un homme du Samu, trop habitué à vivre ce genre de catastrophe, nous dit maladroitement :

— Voilà les papiers à remplir, votre enfant va partir à la morgue de l'hôpital Necker. On vous attend là-bas dans une demi-heure.

J'entends sans entendre, je signe là où on me demande de signer. Ce que je suis en train de vivre me semble totalement irréel, invivable, au-delà de tout ce que je peux imaginer, indescriptible, effrayant. J'espère me réveiller, me retrouver comme il y a à peine une heure, ma fille blottie contre moi, m'échappant d'un abominable cauchemar.

Pourquoi, pourquoi nous a-t-on dit qu'aucun accident ne pouvait arriver ?

Pourquoi ai-je donné la vie pour qu'on me la reprenne ainsi ? Nous avons vécu des épreuves, oui, mais nous les avons surmontées. La petite aussi, gaillarde, forte, confiante, s'est battue chaque jour, comme nous, avec une énergie désarmante et avec le sourire, toujours. Nous étions, tous les trois, envahis d'un amour infini et remplis d'espoir...

Notre fille est née avec une malformation cardiaque, la réparation de son cœur était prévue pour bientôt, dans une petite année. Nous avions cette chance, depuis quelques semaines, de vivre tout à fait normalement. Le chirurgien avait effectué un cerclage au niveau de l'artère pulmonaire qui devait lui permettre d'attendre plus sereinement l'opération à cœur ouvert.

La veille encore, je me promenais avec Jade dans un parc à côté de la maison et j'envoyais des photos de notre balade à nos familles : promenade avec ma princesse, la vie est belle !

Ce seront ses dernières photos.

Mon mari, en déplacement depuis quarante-huit heures, nous avait fait la surprise de rentrer le soir : « Vous me manquiez trop mes chéries, j'arrive ! »

Je n'ose même pas imaginer les conséquences s'il avait été absent, entre la culpabilité qu'il aurait ressentie et le sentiment lancinant que, peut-être, il aurait pu faire quelque chose...

Sortir des hôpitaux et respirer un peu, apporter à notre fille une vie normale au moins pendant quelques mois avant la grande aventure, la réparation définitive de son cœur... C'était un cadeau ! Enfin nous étions des parents libres, nous n'étions plus interrompus dans le cours de notre vie avec notre fille par des séjours ou des allers-retours dans ces enceintes angoissantes.

Certaines chambres d'hôpital sont plus accueillantes que d'autres, mais elles restent toujours pour nous des lieux d'angoisse, de lutte contre la mort. Nous avions pris l'habitude de décorer la chambre de Jade, afin de la rendre joyeuse et confortable, avec des lumières tamisées tactiles et colorées, des mobiles musicaux. Toute une ribambelle de nounours et de peluches entourait notre fille, sans oublier

Pilou le petit ours rose dont le ventre s'ornait d'une magnifique étoile lumineuse. Jade ne le quittait pas des yeux, elle l'écoutait chanter avec attention, c'était son préféré, son repère. Je veillais à ce qu'il soit toujours dans son champ de vision.

Pilou, aujourd'hui, a regagné le petit lit dans la chambre de Jade. Il ne chantera plus jamais.

Jade pleurait de façon inhabituelle ces derniers jours, mais notre cardiologue, que nous avions vu quatre jours auparavant, nous affirmait que les premiers caprices pointaient le bout de leur nez et que nous devions apprendre à la laisser s'exprimer. Pleurer n'est pas contre-indiqué pour son cœur, nous avait-il dit. Vous pouvez vivre tout à fait normalement. Surtout, avait-il ajouté – et ça, c'est la phrase qui dans ma tête ne cesse de résonner –, soyez rassurés, il ne se passera jamais rien à la maison !

On est en droit de se demander si ce discours n'a pas été prononcé à la légère. Et pourtant, à ce moment même, nous étions en train d'observer le cœur de notre fille sur l'écran de contrôle. Le bilan était très positif, il y avait même une petite amélioration grâce au cerclage qui avait été posé trois mois auparavant.

Jade, très éveillée, gazouillait joyeusement et suscitait l'attendrissement de tous.

Nous sommes le 25 mars 2014. Jade, maintenant, va partir pour Necker. Là-bas, son petit bracelet rose avec un petit cœur est remis à mon mari. Ma fille, sans vie, emmitouflée, dans les bras d'une autre, m'est présentée pour que je puisse l'embrasser, la prendre une dernière fois dans mes bras... J'y parviens, pendant quelques secondes à peine. Son petit corps durci et froid m'est insoutenable. Noyée de larmes, je dépose un baiser sur sa joue que la vie a désertée. Avec mon mari, nous subissons ce départ, cet arrachement abominable. Je cherche encore les mots qui pourraient décrire ce que j'ai ressenti à ce moment-là. Indicible. On ne peut pas dire cette douleur.

J'ai vu mon père dans son cercueil, j'ai eu la force de l'embrasser. C'était horrible. Mais lorsque c'est l'enfant que l'on a tant attendue, tant chérie, la vie définitivement s'arrête. Il n'existe rien de plus dévastateur que la perte d'un enfant. C'est un bouleversement violent du cycle naturel de la vie. Perdre son enfant n'est pas dans l'ordre de la nature. C'est une douleur qui nous ronge de l'intérieur, qui nous mange les tripes, qui démolit le cerveau. Son odeur, la douceur de sa peau avec elle se sont envolées. Son petit corps ne se blottira plus jamais plus contre le mien, son sourire d'ange qui me faisait chavirer de bonheur, je ne le verrai plus. Cela n'est pas supportable.

La mort de mon père a été une très grande douleur, mais elle s'inscrivait malgré tout dans le sens du flot qui nous emporte tous.

Perdre son enfant, c'est perdre une partie de soi. Et c'est ce que nous venons de subir...

La porte d'entrée se referme, nous nous retrouvons seuls, démunis, anéantis, en état de choc absolu. La sirène du Samu me poignarde le cœur. Notre fille maintenant s'éloigne à tout jamais...

Mon cerveau, me semble-t-il, s'est déconnecté de cette effroyable réalité. C'est comme un trou noir. Je ne sais plus combien de temps nous sommes restés ainsi paralysés. Je me souviens de l'unique appel téléphonique que j'ai passé à mon beau-père. Annoncer la mort de notre fille à ma mère était au-dessus de mes forces. J'étais terrifiée d'imaginer seulement sa réaction, d'imaginer le choc qu'elle aurait à subir à cette heure où sûrement elle dormait encore.

Le cri de mon beau-père résonne aujourd'hui encore dans ma tête. Je repense à l'admiration et à l'émotion qui l'animaient lorsqu'il découvrait sa petite-fille, en photo ou sur les vidéos, dans les mails que je leur envoyais. Maman l'avait surpris plus d'une fois, un sourire ravi sur le visage, contemplant une photo de Jade. Il en était « gaga » et c'était pour moi une joie.

Le son de ma voix et l'heure matinale lui ont suffi :

— Ne me dis pas que... qu'il est arrivé quelque chose ?

À travers mes sanglots, j'ai annoncé :

— Si. Jade vient de mourir dans mes bras. On a essayé de la ranimer, les pompiers n'ont rien pu faire.

Les pompiers n'avaient rien pu faire, non, malgré leur expérience, leur compétence et leur acharnement, et malgré leur désir immense, j'imagine, de nous rendre notre fille en vie, sauvée, revenue, miraculée. Les électrochocs ne sont pas possibles chez les enfants de moins d'un an, la récupération se fait manuellement, ou autrement, je ne saurais dire comment, puisque notre présence n'a pas été autorisée pendant ce moment. J'ai eu cette phrase saugrenue, qui n'était que le reflet de ce que j'avais failli faire :

— Promettez-moi tous de ne pas faire de conneries.

J'exprimais ce qui m'avait traversé l'esprit quelques minutes plus tôt et que je m'interdirai de faire, par respect, par amour, pour ne pas davantage plonger les miens dans l'horreur.

Dire qu'aujourd'hui il ne m'arrive jamais d'y penser serait mentir. J'ai eu parfois l'intime conviction que je ne pourrais pas faire face, que ma vie sans ma fille n'avait plus de sens, plus de saveur, plus d'objectif.

J'ai envoyé des messages à ma tante Nadine, ma confidente. Je lui ai confié que j'étais à bout, sans vie, sans envies. Et elle a su chaque fois trouver les mots pour me sortir de ma torpeur.

Parler est une bonne chose pour ne pas succomber. C'est comme un appel au secours, un coup de pied au cul que l'on se donne à soi-même. J'ai toujours dans mes pensées ma fille, que j'imagine attristée et en souffrance de me voir si malheureuse.

Je m'effondre, puis je me relève.

Il a fallu que l'hôpital nous appelle pour que nous quittions la maison et nous rendions auprès du corps de notre fille. Putain d'horreur ! L'écrire, le décrire me donnent envie de vomir, me déchirent littéralement en mille morceaux.

Nous voici tous les deux à l'hôpital Necker. Les médecins nous rejoignent. Eux aussi sont sous le choc. Leur émotion, leur incompréhension sont palpables. Les questions fusent. Entre nos larmes, nous y répondons.

Je suis là, sans savoir comment je tiens encore debout. Je ne pense qu'à une chose et c'est une véritable obsession : derrière ce mur, là, devant moi, il y a ma fille, dans un petit lit, sans vie.

Mon mari raconte les heures qui ont précédé, la veille, deux jours avant, les examens qui ont été effectués, le diagnostic qui était bon. Les médecins nous demandent à demi-mot si j'accepterais qu'on fasse une autopsie. Mon mari et moi, nous nous regardons. C'est une décision extrêmement difficile à prendre, mais nous avons besoin de comprendre, de comprendre ce qui s'est passé. J'ai aussi envie d'aider les médecins dans leur travail, dans leur diagnostic pour les nouveaux cas qui se présenteront. Je connais leur dévouement et leur compétence. Ne pas comprendre, je pense, doit être inacceptable pour eux. J'essaie d'occulter, de chasser toutes les images qui pourraient surgir dans ma tête autour de cette autopsie. Et nous donnons notre accord.

L'envie irrépressible de retrouver ma fille me hante, je ne peux m'empêcher de sortir de la pièce, de m'arracher à cette ambiance qui m'étouffe, de fuir ces médecins qui à mes yeux représentaient la vie, l'espoir, les joies de l'amélioration et de la récupération de notre petite... Chacun semble démuni. Leur émotion s'ajoute à la nôtre.

Vacillante, je m'approche de la chambre où repose Jade, je veux la voir, j'aimerais la serrer contre moi, profiter d'elle encore, arrêter le temps. Je me colle à cette porte vitrée qui me sépare de cette vision épouvantable de mon bébé, allongé, sans vie. Comment est-il possible pour une mère d'affronter cela ? Je ne peux pas aller jusqu'à elle. Une fois encore, mon corps se fige, mes forces me lâchent, je m'effondre devant cette porte et j'attends que l'on vienne me chercher.

Jade bientôt va rejoindre le pire endroit qui puisse exister, celui où aucun parent n'imagine un jour devoir se rendre : la morgue des petits...

Et l'atrocité ne s'arrête pas là. Nous allons devoir organiser la cérémonie funéraire de notre enfant, nous rendre aux pompes funèbres et commander le plus petit cercueil qui puisse exister ; choisir les fleurs, des tonnes de fleurs, des bougies, des textes d'hommage, des musiques, un traiteur. Comme deux automates, nous commandons les plus belles choses qui existent. Nous voulons la salle la plus élégante du Père-Lachaise, celle de la Coupole, où nous allons vivre, une fois encore, l'un des pires moments de notre vie.

Nous aurons ce courage, mon mari et moi, de passer un moment auprès d'elle, notre poupée aux longs cils, comme revêtue d'une grâce angélique, douce, adorable, couchée dans la soie blanche de son petit cercueil, avec son doudou. Telle une toute petite Belle au bois dormant qui jamais ne sera réveillée par un baiser. Nous la regardons de toute notre âme.

Il nous a été conseillé d'aller la contempler une dernière fois, d'aller lui dire adieu, parce que cela est bon pour l'âme, et afin que puisse débuter le long chemin de l'indispensable deuil. Nous l'avons fait.

Nos mères respectives, également. Et j'ai compris, avec le temps, combien ce moment était important, combien cela était nécessaire. Ensemble, nous n'étions qu'un seul cœur. Et nous n'arrivions plus à nous séparer d'elle.

La douleur de tous a été profonde, l'émotion insoutenable. Avec nos familles et nos proches, tous réunis, nous avons pleuré le départ de notre princesse. Notre Jade aura eu la plus belle cérémonie qui soit. Nous avons eu ce courage, dans la plus grande intimité et le plus grand recueillement, de lui rendre notre plus bel hommage.

Un petit médaillon de pierre gravé d'un J nous a été remis.

Jade parmi les anges s'est envolée.

La vie ainsi se brise sans que rien ni personne puissent le présager.

2

Une enfance de livre d'images

En moi, dès l'aube de ma vie, quelque part, il y a toujours eu cette attente de Jade.

J'ai eu une enfance de livre d'images, la plus tranquille, la plus paisible. En apparence. Car tous les jours, je m'embarquais pour des périples fabuleux, je m'envolais pour aller loin, très loin, loin dans l'infini, sans autres limites que mon imagination débridée. Ah, si les adultes pouvaient se douter des voyages extraordinaires dans lesquels se lancent les petites filles rêveuses !

J'étais une enfant solitaire. J'aimais jouer pendant de longues heures dans mon coin, me raconter des histoires. Je m'inventais une vie pleine de merveilles, je créais des personnages, je les jouais ou je les faisais vivre pour moi toute seule. Je m'amusais avec ces amis imaginaires, je me suffisais à moi-même. On me posait dans une chambre ou dans un coin du jardin et on était sûr de me retrouver à la même place quelques heures plus tard. Je n'avais pas bougé. Je n'avais besoin de rien : une simple boîte de carton devenait un palais, une voiture fabuleuse, un carrosse de princesse.

Mes meilleurs souvenirs d'enfance me renvoient à mes grands-parents, ces deux êtres si chers à mon cœur, qui m'ont aidée à grandir dans la chaleur de leur amour. Ma grand-mère me tenait lieu de maman de cœur. Elle faisait de son mieux pour aider la mienne, une jeune fille de dix-sept ans, trop tôt chargée des lourdes responsabilités de la maternité. Sans elle, ma mère ne s'en serait pas sortie toute seule, je ne le pense pas, car elle n'avait que «dix-sept ans et demi» lorsqu'elle m'a mise au monde. Je précise le «demi», parce que je sais combien cela à de l'importance à ses yeux. Elle m'en a toujours fait la remarque, et c'est devenu au fil du temps une vraie anecdote entre nous.

Je peux dire sans me tromper que je suis un heureux accident... Enfin, je l'espère!

L'histoire de mes parents commence comme un conte de fées : «Il était une fois...», ma future maman, ravissante jeune fille, avait rencontré, à la piscine de son quartier, un beau maître nageur de vingt-quatre ans. Elle avait tout juste seize ans. Très vite ils se sont aimés. Et très vite aussi, la fougue de leur jeunesse et leur inexpérience conjuguées m'ont mise en route! Je suis arrivée alors que ma mère avait encore l'âge de jouer et de s'amuser... Le conte de fées, malheureusement, s'est mué en un mauvais mélo.

Je sais combien parler de cette période de sa vie peut être source d'angoisse pour ma mère. Je respecterai donc sa demande de seulement survoler son parcours de jeune femme sans entrer dans les détails, par respect pour sa vie privée et son entourage. Ce sont ses mots. Ils restent gravés dans mon esprit et je m'y tiendrai.

Ses premiers pas de vie de femme ne sont pas d'heureux souvenirs. J'ai compris bien plus tard que sa relation avec mon père a été la cause de traumatismes indélébiles. Pour ma part, j'essaie de faire abstraction d'un certain nombre de choses. J'ai la sagesse aujourd'hui de n'en vouloir à personne, malgré une enfance douloureuse où les tensions et le manque d'amour étaient omniprésents.

Il racontait de jolies histoires, le bel athlète ! Papa s'était inventé une famille bourgeoise, une enfance cossue dans une belle demeure, comme dans les romans. Il y avait même un bateau et Dieu sait quoi encore... Bref, il décrivait une existence de prince. Ma douce maman de « dix-sept ans et demi » s'était mise à rêver, imaginant aller d'escapades en bateau avec son beau capitaine en déjeuners sur l'herbe dans le jardin de la maison familiale, avec un beau-papa et une belle-maman adorables. Il suffisait de se laisser aimer pour vivre un bonheur de carte postale...

La réalité était bien différente ! Il n'y avait ni bateau, ni belle maison, et les relations entre mon père et ses parents étaient difficiles pour ne pas dire assez hostiles. Et, pour couronner le tout, le beau maître nageur était marié et avait une petite fille de quatre ans. Bonus : maman était enceinte.

C'est le choc !

Mes grands-parents avaient accusé le coup et tissé des liens avec le beau séducteur : il fallait réparer. Son divorce sera organisé et le mariage de mes parents célébré.

Quelle est la part réelle de l'amour dans tout ça ? Je ne veux pas douter que mes parents se soient aimés – au moins pendant quelque temps –, mais je sais combien leur relation a été houleuse et douloureuse. Je n'en garde que des souvenirs conflictuels. Je n'ai pas dans ma tête une seule image les réunissant tous les deux, heureux et amoureux.

Les circonstances de ma naissance n'ont guère été plus simples : je suis venue au monde à sept mois et demi, petite prématurée, cyanosée. Maman aura le droit aux forceps, à une hémorragie, elle devra être transfusée et attrapera l'hépatite B. Nous sommes loin de l'accouchement rêvé ! Et pour couronner le tout, nous serons arrachées l'une à l'autre car mon état est jugé préoccupant, et qu'une structure médicalisée plus appropriée que celle de la maternité d'Argenteuil est nécessaire. Je dois être transférée à Paris. Nous serons séparées cinq longues semaines. La grève des transports sévit à ce moment-là, et maman n'a pas le permis. Ça commence mal, les liens sont précocement coupés entre nous. Incontestablement, cela laisse des traces, je pense. Il ne restait plus grand-chose du joli rêve de ma mère : la naissance idyllique de son premier enfant. Mais l'essentiel était sauvé. Nous étions vivantes toutes les deux !

Je m'appelle Ingrid grâce à Ingrid Bergman. Au cours d'une promenade, maman avait admiré une affiche de cinéma qui représentait l'actrice. Elle était persuadée d'attendre une petite fille, elle n'en avait aucun doute. Elle pouvait même décrire la petite poupée brune aux yeux noirs en amande qu'elle allait mettre au monde. Elle ne s'était pas trompée, à ma naissance je ressemblais à une petite Eurasienne. J'avais tout pris de papa au type méditerranéen et n'avais rien de la blondeur ondulée et des yeux verts de maman.

Malgré ce physique contrastant avec l'origine suédoise du prénom, je m'appellerai donc Ingrid. J'ai appris à aimer mon prénom pour sa rareté. Enfant, je le détestais, peut-être parce que les bonnes sœurs à l'école, habituées à des prénoms plus communs, s'amusaient parfois à l'écorcher et à le rendre désagréable à l'oreille...

Malgré son jeune âge et l'image du Prince charmant qui, au fur et à mesure, s'estompait, ma mère a été heureuse de cette grossesse.

Dès ma plus tendre enfance, j'entendais mes enfants terribles de parents se disputer, se déchirer, se balancer des méchancetés, se raccommoder vaille que vaille. Toute petite déjà, je me répétais : quand je serai grande, je ne ferai pas comme cela, j'aurai une vraie famille où il y aura de la tendresse et du calme. C'était encore flou dans ma tête, il ne s'agissait encore que d'élans enfantins, mais quand même, j'ai gardé ce désir de famille sereine et unie, d'un cocon rassurant. Toute ma vie.

Mes grands-parents étaient des gens très simples : mon grand-père faisait le métier difficile de fraiseur dans une usine. Ma grand-mère était vendeuse au Monoprix de Sannois. C'était une femme drôle et joyeuse, qui avait beaucoup d'esprit. Elle l'est toujours, d'ailleurs, drôle et spirituelle, et il ne nous est pas rare d'avoir des rires complices, en souvenir de mes séjours auprès d'eux et de toutes ces anecdotes qui ont ensoleillé mon enfance. Le soir, lorsque mon grand-père était couché, souvent, nous restions ensemble à parler de tout, de rien, de sa vie, de mes petites histoires de gamine. Les confidences fusaient et notre complicité était merveilleuse et douce. Ma grand-mère s'asseyait au bord de mon lit et, jusqu'à ce que le sommeil me gagne, nous bavardions tendrement et avec gaieté.

Elle s'arrangeait pour que chaque jour soit comme une fête. C'était une très jeune grand-mère : elle l'était devenue à trente-quatre ans, et avec quelle allure ! Elle avait eu son premier bébé à seize ans, un âge encore plus tendre que celui de sa fille à ma naissance. Mais elle avait fait face à sa maternité précoce avec une grande maturité. C'est une femme exceptionnelle.

Pour ma mère, cela a été plus compliqué ; papa était immature, il lui a fallu apprendre à tout gérer, sans soutien, voire à rattraper ou prévenir ses frasques.

Mes grands-parents, heureusement, étaient présents. Ils m'ont prise sous leur aile protectrice et m'ont aménagé une enfance, joyeuse.

Très vite, pour plus de commodité et pour mon plus grand bonheur, je resterai souvent la semaine entière chez mes grands-parents. Je prenais d'ailleurs un malin plaisir le vendredi soir à mettre mon pyjama et à me cacher derrière un fauteuil du salon, espérant pouvoir rester, encore et encore.

La maison de mes grands-parents était un lieu plein de joie et de chaleur. Je suis arrivée dans leur vie alors qu'ils avaient encore avec eux « le petit dernier » de dix-neuf ans. Les autres avaient déjà fait leur vie. Notre famille était très unie. Nous aimions plus que tout organiser de grandes réunions au cours desquelles, tous ensemble, nous fêtions les anniversaires. À Noël, la maison se remplissait de jeunes adultes, d'enfants joueurs, de rires et de blagues en tout genre. Mon grand-père n'était pas le dernier à participer à la gaieté générale. Il me semblait que les rires de tous s'entendaient à des kilomètres à la ronde tant l'ambiance était festive.

Ma grand-mère sortait de son fourneau, comme de véritables miracles, toutes les bonnes choses que nous aimions. La table était magnifique et nous étions couverts de cadeaux.

Malgré toute cette joie qui m'entourait, j'avais le cœur serré. Je n'aimais pas Noël. Mon plus beau cadeau aurait été de sentir mes parents heureux. Et il n'en était rien. Papa avait un goût excessif pour l'alcool, ce qui n'arrangeait pas les choses car sa personnalité était atypique et son humeur, changeante et imprévisible. Maman pleurait souvent, je pense... Malgré tout, j'idolâtrais mon père. J'étais dans le déni pour beaucoup de choses et mon jeune âge me permettait de le visualiser comme une sorte de héros.

Plus tard, j'ai été dans la souffrance de constater ses faiblesses, sa fragilité et son mal-être.

3

Un si long supplice

Nous attendrons trois longues semaines pour prendre connaissance des résultats de l'autopsie qui ne révéleront aucune anomalie ni aucune infection. Le décès inattendu de notre fille restera inexplicable et les questions sans réponse. La mort subite du nourrisson sera évoquée, mais aujourd'hui encore, moi, je n'y crois pas.

Comment ne pas être anéantie par ce long supplice, ce brusque départ qui me laisse vide et perdue... Nous nous retrouvons seuls, encombrés de tout cet amour désormais inemployé. Je suis sonnée et ne sais comment survivre, comment sortir de cette épreuve. Le manque d'elle, de ma petite fille, me hante, la douleur littéralement me brûle à l'intérieur. Se réveiller le matin est comme un coup de poignard dans le cœur, la réalité sauvagement nous saute dessus, nous submerge. Jade n'est plus. Les petits vêtements que je devais lui mettre ce jour du

25 mars sont toujours sur la table à langer, sa chambre est restée comme elle l'a quittée. Il m'est impossible d'y déplacer quoi que ce soit. Tout est resté figé. Son petit lit de conte de fées est désespérément vide. Pilou, le petit ours rose au ventre orné d'une magnifique étoile lumineuse, ne chantera plus. Il m'est impossible d'imaginer que je ne la verrai plus. Combien de fois suis-je restée dans sa chambre, comme si le miracle de la voir apparaître pouvait se réaliser ? Je serre tout contre moi les derniers vêtements qu'elle a portés, imprégnés encore de son odeur. Le manque et la douleur sont immenses. Je laisse éclater ma peine, et, malgré toute ma volonté, j'ai ce sentiment, parfois, que je n'y arriverai pas.

Comment continuer ? Pourquoi ?

Par amour, par amour pour mon mari, pour notre famille. Par respect et par solidarité...

Bien évidemment il faut se reconstruire, malgré cette blessure qui jamais ne se refermera, malgré la souffrance. J'entends souvent dire que les épreuves rendent plus fort. J'ai envie de répondre que je me fous d'être plus forte et que, bien au contraire, aujourd'hui, je suis à bout de forces. Je l'ai tant désirée ma petite Jade, tant espérée. Aurai-je la force de recommencer cette aventure grandiose et hasardeuse de donner encore la vie ? J'ai parfois le sentiment d'avoir accouché il y a seulement quelques semaines, je ressens encore aujourd'hui l'empreinte de ma fille à l'intérieur de moi, ce lien charnel qui nous unissait. Elle ne m'a pas quittée, je suis remplie d'elle. Je suis partagée entre le désir fou de revivre une nouvelle grossesse et celui de garder l'exclusivité à Jade. Il faudra du temps, beaucoup de temps pour chasser le traumatisme, la douleur, retrouver le goût de la vie, apprivoiser les jours et les nuits, redevenir une femme tout simplement. Je ne serai plus jamais la même, c'est évident. Je dois me reconstruire avec cette plaie béante qui jamais ne cicatrisera.

Les mois passent et les années s'enchaînent, à la vitesse de l'éclair. L'horloge biologique ne tourne pas indéfiniment. Devenir maman à nouveau sera de plus en plus difficile, et j'ai comme le sentiment que je dois accélérer la guérison de ma souffrance, plus vite que je n'en ai la force aujourd'hui, si je veux garder une nouvelle chance de maternité.

J'aimerais avoir trente ans et laisser le temps au temps, mais cela ne m'est pas permis et je sais combien je regretterai de ne pas avoir pris sur moi pour au moins essayer de donner encore la vie. Alors, je vais essayer. Nous allons essayer.

Je tente de rester debout, je m'accroche comme une dingue, mais j'agis comme une automate, j'exécute les gestes quotidiens, je me force, parce que je sais que c'est la meilleure solution pour tenir. Un jour viendra où je serai guidée par l'envie retrouvée et non par l'obligation de survivre.

L'aide d'un psychologue m'a été proposée. Je n'ai pas souhaité faire soigner ma souffrance comme si elle était une maladie. Je sais pourquoi j'ai mal et mon meilleur psychologue reste à mes yeux mon mari. Ma douleur est immense, contre nature, mais nous luttons ensemble, et même si parfois il nous est difficile de communiquer, nous nous soutenons mutuellement.

Bien des couples se déchirent face à l'intolérable. Vivre ensemble la douleur demande un profond respect de l'autre, de la compréhension, de l'écoute et beaucoup d'amour. Nous avons cette chance de nous aimer infiniment, d'avoir un profond respect l'un pour l'autre. Et puis, il y a Jade. Nous partageons le mal de son absence. Je pense sincèrement que l'amour inconditionnel que nous portons à notre fille nous donne cette incroyable force de survie.

Dans notre désir de grande famille, mon mari et moi avons évoqué l'adoption, et ce dès notre rencontre. Ce désir m'est apparu à la trentaine. Mon fiancé de l'époque ne semblait pas fermé à cet engagement mais n'avait pas montré non plus un grand enthousiasme. L'idée de fonder une famille telle que moi je l'imaginais n'était pas la priorité...

Le désir de l'adoption est resté intact. Nous imaginions, alors que j'attendais Jade, qu'elle serait la grande sœur d'une belle tribu du cœur. Aujourd'hui, nous avons reçu notre agrément d'adoption, et j'aime imaginer qu'un jour le destin frappera à notre porte et qu'il existe sur cette terre un enfant qui nous attend. Quel sera notre avenir, notre avenir de parents ? Nous n'imaginons pas notre vie sans enfants. Nous avons goûté à ce bonheur et il nous est inconcevable d'y renoncer. Grossesse ou adoption, je reste fidèle à ce désir d'avoir une grande famille.

J'ai besoin de combler cet amour débordant de maman, malgré la peur et les angoisses. Comment ne pas imaginer de nouvelles embûches après tout ce que nous venons de vivre ? Est-il possible de redonner la vie lorsque l'on porte la mort si lourdement sur ses épaules ? J'ai envie d'y croire. Et se raccrocher à cette idée fait du bien. C'est un but, c'est quelque chose de positif.

4

Mon père, ce héros...

J'ai eu une enfance modeste, mais je n'ai jamais manqué de rien. Nous vivions à Sannois, dans un quartier familial. Sannois n'était pas une banlieue mal famée. Elle était plutôt conviviale, habitée par des familles paisibles. J'allais à l'école chez les bonnes sœurs, à deux pas de chez moi. Je portais une petite blouse bleue dont on n'avait pas le droit de défaire plus d'un bouton. Nous n'étions pas spécialement religieux dans la famille. Nous parlions de nos anges gardiens, il y avait une croyance en quelque chose là-haut, quelque part, des prières formulées, mais pas directement ou précisément envers Dieu. Je crois que j'ai été mise chez les bonnes sœurs tout simplement parce que c'était l'école la plus proche de chez moi. Le catéchisme et la chapelle néanmoins étaient obligatoires.

Je me souviens que les bonnes sœurs nous disaient :

— Vous voyez, quand la petite lumière rouge près de l'autel est allumée, c'est que le Seigneur vous entend. Faites vos prières et parlez-lui.

Un jour, il y a eu une panne d'électricité et la lumière ne s'est pas allumée... Jésus n'était donc plus là ? Cela avait remis en doute pas mal de choses pour moi. Aujourd'hui encore, je ne sais pas donner de réponses à certaines questions concernant l'existence de Dieu. Pourtant, au cours de nos diverses escapades, mon mari et moi sommes entrés dans chacune des églises qui croisaient notre chemin et avons allumé une bougie pour nos pères disparus, sans prières précises, juste pour se recueillir quelques instants.

Il doit y avoir forcément une croyance...

Mes grands-parents ont quitté la région parisienne vers l'âge de mes trois ans, pour s'installer en Vendée, à Chaillé-sous-les-Ormeaux, près des Sables-d'Olonne. Ma grand-mère y avait ses racines : sa famille venait de cette région et mes arrière-grands-parents y vivaient encore. Le rythme du bien-être, pour moi, était rompu, mais je les rejoignais pour les vacances, petites et grandes. La campagne, les champs, le potager, les animaux, tout cela était un rêve pour moi. Je garde de ces années-là des souvenirs impérissables de petite campagnarde. La maison de mes grands-parents était un refuge, un lieu plein de joie et de chaleur.

J'aimais être là-bas, j'aimais être avec eux, je courais dans ce grand jardin, si vite que parfois il me semblait que j'arriverais à m'envoler. Je m'amusais toujours seule. J'étais une petite fille heureuse, affectueuse et solitaire.

Nous avions une télévision, mais je ne la regardais pratiquement jamais. Elle ne m'attirait pas plus que ça. Pourtant, curieusement, j'ai rêvé très tôt de devenir comédienne. À cinq ans je le savais déjà, je voulais jouer les histoires que j'imaginais, j'avais la certitude que je donnerais une forme d'existence aux personnages que j'inventais. C'est ce qu'on appelle une vocation précoce !

J'ai la sensation très vive d'avoir toujours su ce que je voulais être : je voulais vivre plein de vies différentes dans une même vie. Bien sûr, je ne savais pas encore qu'il existait un vrai métier qui correspondait à ce désir. Le monde de fantaisie que j'échafaudais me faisait vivre, dans un tout petit coin de jardin, les aventures les plus folles. Mais surtout, il me permettait de m'évader de celui des adultes que je ne trouvais pas très beau. Voir – et entendre – mes parents se déchirer au fil des jours m'était profondément douloureux. Je m'échappais de ces rixes perpétuelles, de cette violence verbale, et je me réfugiais avec délices dans l'univers enchanté que j'imaginais et où j'étais si heureuse.

Au fil du temps, les choses entre mes parents ne s'arrangeaient pas. Je ne voulais pas penser qu'ils allaient se séparer. J'éprouvais un amour égal pour chacun d'eux. Je ne pouvais imaginer me passer de l'un ou de l'autre, mais pourtant, il a fallu...

En silence, j'ai souffert.

J'ai gardé en mémoire les merveilleuses explorations que nous faisions dans les dunes, mon père et moi, lors de vacances avec mes parents. Il m'apprenait à attraper des couleuvres, ou des têtards que nous ramenions à la maison et qui devenaient de petites grenouilles. J'ai le souvenir d'être rentrée un jour et d'avoir découvert les petits batraciens transformés, échappés de leur aquarium, qui sautillaient ici et là à travers ma chambre. C'était une joie pour moi. Je trouvais magique qu'une sorte de poisson puisse se métamorphoser ainsi.

Il y avait aussi les lézards que nous apprivoisions. Mon père avait cette faculté incroyable de les attraper sans casser leur queue si fragile. À force de patience, les petits reptiles s'accommodaient de notre présence jusqu'à rester tranquillement tapis dans la poche de mon Indiana Jones de père. Il n'en était pas peu fier et gagnait toute mon admiration.

C'est à peu près les rares souvenirs enchanteurs que je garde en mémoire de ces jeunes années où nous étions ensemble, mais je m'y accroche et ils sont très précieux à mes yeux.

Mes parents ont fini par divorcer au cours de ma neuvième année. Cette décision a été difficile et mal vécue par mon père. Désespéré, il menaçait de me kidnapper et de se suicider en voiture avec moi. C'était très angoissant pour la petite fille que j'étais. À ce moment-là, malgré ma peine, j'ai soutenu maman et l'ai confortée dans sa décision de séparation, imaginant qu'elle avait déjà perdu beaucoup d'années de bonheur.

J'ai été logée chez une copine de classe pour finir mon année scolaire et échapper à la brutalité des derniers combats qui ont dû être pénibles et douloureux pour mes deux parents. Ma mère enfin gagnait sa liberté.

Mon père secrètement me manquait. Je me souviens de l'avoir appelé et qu'il m'avait raccroché au nez. Je me suis alors construite sans lui. Je le fantasmais, je m'inventais un père à la fois Indiana Jones et Superman. Je l'inventais sans y croire tout à fait. Peu importe. Il me manquait et mon amour pour lui, toujours, était immense.

Environ trois ans après le divorce de mes parents, j'avais reçu une lettre de mon père. Dès le premier coup d'œil, j'avais remarqué que cette lettre n'était pas de sa main, ce n'était pas son écriture. Peu importe ! C'étaient ses mots. Il m'apprenait qu'il avait refait sa vie, qu'il s'était remarié et qu'il serait heureux de me retrouver. Il avait signé : « Ton papa qui t'aime ». J'étais aux anges.

Je soupçonne que ma belle-mère et mon beau-père ont été les instigateurs de ce tendre complot. Je les en remercie : grâce à eux, j'ai retrouvé mon père.

J'ai découvert à ce moment un père qui semblait apaisé. Je prenais plaisir à partager des week-ends avec eux. Ma belle-mère était une femme charmante et nous tissions ensemble des liens très affectueux.

Mon père était un homme cassé par une enfance douloureuse. J'étais heureuse de le voir entouré de la bienveillance de Christine, sa femme. C'était rassurant pour moi. Ma belle-mère lui apportait réconfort, écoute et compréhension. J'imaginais que peut-être elle pourrait l'aider à guérir de son enfance, à surmonter ce mal-être qui avait pris naissance à son adolescence quand il avait appris qu'il était l'enfant d'un autre.

Ma grand-mère paternelle était enceinte de mon père lorsqu'elle avait rencontré celui qui allait devenir son mari. Ils avaient gardé l'enfant qu'elle attendait et mon grand-père avait eu la générosité de le reconnaître à la naissance. Mais le secret pesait lourd et mon père restait l'enfant d'un autre, l'enfant non désiré.

Papa avait été placé en pension pendant de longues années. À seize ans, il avait appris la vérité sur ses origines. Je pense que c'est à partir de ce moment-là qu'il s'est inventé des vies et que s'est développée une mythomanie pathologique.

Mon père m'aimait, ça, c'était une évidence. Il avait ce côté affectueux et protecteur, même s'il était très fragile. Si ma mère n'avait pas été là, je pense qu'il n'aurait pas pu assurer les responsabilités de l'éducation d'une enfant.

Je l'aimais à la folie, ce père qui s'était volatilisé et qui était revenu. C'était un homme infiniment généreux, mais extrêmement perturbé aussi, sensible, tendre, excessif et parfois violent. Mais pas avec moi, et jamais physiquement en tout cas.

Personne n'avait pu abolir la profonde angoisse qui le jetait dans l'alcool. Il buvait. Beaucoup. Je ne l'avais jamais vu ivre, juste différent, parfois. Mais j'arrivais à détecter quand il avait trop bu. Il tenait bien l'alcool, comme les vrais alcooliques. Souvent, lorsque je revenais de l'école, il me donnait quelques pièces pour aller lui acheter des bouteilles de vin. Je ne voulais pas accepter l'idée qu'il était alcoolique. Je ne voulais pas savoir. Il aimait boire, un point c'est tout. Je n'ai vraiment compris que lorsque, à la fin de sa vie, il a été rattrapé par la cirrhose.

Aujourd'hui, j'ai un violent rejet de l'alcool qui me vient sûrement de là.

Ses paroles étaient parfois dures à encaisser, ses menaces de suicide surtout me terrifiaient. Il n'oubliait jamais de préciser qu'il mettrait fin à ses jours avec une photo de moi posée sur son ventre. L'horreur absolue pour une enfant. J'ai dû, un jour, prendre sur moi et lui parler comme si c'était lui, l'enfant. J'avais fini par échanger les rôles. J'étais devenue sa mère. J'imposais des limites à ne pas franchir, mais je l'écoutais, je le comprenais. Mon amour pour lui me rendait indulgente et tendre.

Comme moi enfant, il vivait dans son monde et s'inventait des histoires incroyables. Sauf que lui, il y croyait. Il n'avait jamais grandi. Il me racontait par exemple qu'un ami était venu le visiter en hélicoptère, il me racontait les aventures abracadabrantes qu'il avait vécues... Moi, j'étais capable de faire aussi bien que lui, mais je savais que le monde de l'imaginaire était bien distinct de la réalité. Je l'écoutais, je souriais, je hochais la tête. Mon héros, au fil des années, cédait à l'immense détresse qui l'envahissait. Je me sentais impuissante. Seul mon amour arrivait parfois à l'apaiser.

Il rêvait d'être sauveteur en mer et avait acheté avec ma belle-mère un petit appartement près de Dinard. Il y avait son Zodiac. Il allait là-bas régulièrement et, souvent, seul sur son Zodiac, il rêvait à de vastes horizons, à des aventures fabuleuses en haute mer.

À la fin de sa vie, il avait fini par accepter de faire ce que, depuis des années, nous le suppliions d'entreprendre : une cure de désintoxication. Mais il était trop tard. Je l'ai vu se dégrader. Je l'ai accompagné plus d'une fois durant ses séjours à l'hôpital. Je me souviens, un jour, de l'avoir découvert poignets et chevilles attachés aux barreaux de son lit. J'ai ressenti une infinie tristesse à le voir ainsi. Des excès de violence dus au manque, j'imagine, avaient obligé les médecins à le maintenir attaché à son lit. Le blanc de ses yeux devenu orange trahissait la cirrhose...

Il finira par regagner son domicile, mais l'espoir qu'il ne reprenne plus une goutte d'alcool était infime. Je savais qu'il n'en aurait pas la force.

Ce qui devait arriver arriva, six mois plus tard. Il est mort en 2003, ravagé par l'alcool. Hémorragie interne, cirrhose. Il s'est endormi doucement dans son jardin pendant la grande canicule de l'été 2003. Il n'avait que cinquante-six ans.

Moi, je sais qu'il est mort aussi de cette douleur d'enfance qui le rongeait et qu'il n'avait pas pu calmer.

L'incinération était prévue pour le week-end suivant. Mon père était un homme seul, nous n'étions que trois pour saluer sa dépouille : ma belle-mère, un ami et moi. Une cérémonie vite expédiée. Tout s'est passé en cinq minutes. J'ai pris le temps, malgré tout, de me recueillir seule auprès de lui, de l'embrasser, de lui redire combien je l'aimais et de poser tout contre lui une photo de moi. Je pensais alors vivre le pire moment de ma vie. Je ne savais pas encore, évidemment, que ce n'était pas le cas...

Après l'incinération, je suis partie avec son urne funéraire dans les bras vers ce village de la côte normande qu'il aimait tant. L'image de mon père dans cette urne m'était juste épouvantable, j'étais en train de voyager avec ce qu'il restait de lui et bientôt j'allais devoir prendre sur moi et déverser mon père, mon idole, mon « héros » dans la mer...

Comme souvent en Normandie, le temps était gris. Les nuages bas, en plein mois de juillet, avaient la couleur de mon chagrin. Tout habillée, tenant l'urne contre moi, j'ai marché quelques mètres dans l'eau glacée, j'ai jeté des pétales de rose dans la mer qui allait ensevelir mon père et répandu ses cendres, toutes tièdes encore, au milieu des vagues. Je ne sais pas où j'ai puisé le courage d'accomplir ce geste inhumain. Mais, soudain, un rayon de soleil est venu percer les nuages, comme un signe, pour m'encourager et me remercier d'exaucer le désir de mon père d'être immergé dans l'immensité de l'océan.

Mon père, ce fou d'aventure qui n'avait jamais quitté le rivage, est parti ainsi avec un petit clin d'œil.

Pendant les trois ans qu'avait duré l'absence de mon père après le divorce de mes parents, j'avais vécu seule avec maman. Nous avions déménagé. Peut-être voulait-elle effacer les traces de ce couple qui avait sombré ? C'était en tout cas un nouveau départ. J'éprouvais une sensation étrange, il y avait la souffrance du manque de la famille que nous avions perdue, et en même temps ce bonheur merveilleux, inestimable : je découvrais enfin ma mère.

La rentrée scolaire s'était faite dans les Yvelines à Chatou. Ma mère semblait respirer enfin. Il régnait chez nous une certaine forme d'insouciance et de complicité. Nous sortions ensemble, je découvrais le cinéma, les restaurants, les balades et les pique-niques au lac des Ibis où nous donnions à manger aux cygnes et à leurs petits. J'aimais leur lancer des morceaux de pain qu'ils avalaient avec une gloutonnerie cocasse. Ensemble, nous allions voir les films de Belmondo que j'adorais ou des Walt Disney, des films pour enfants. C'étaient des moments de complicité merveilleux, les premiers souvenirs heureux de ma vie avec maman.

Tous les mercredis, grâce au comité d'entreprise de ma mère, je pouvais faire du cheval, du tennis, de la danse. Je rattrapais un peu le temps perdu. C'était une vie nouvelle qui débutait, je m'épanouissais et découvrais de nouveaux centres d'intérêt. J'apprenais à me servir de mon corps, je devenais agile, adroite grâce au sport, et cela m'a permis, plus tard, d'endosser ces rôles – qui sont un peu devenus ma marque de fabrique – de femmes énergiques au top de leur condition physique.

Je me suis d'abord servi de mes capacités physiques au théâtre avec *Sylvia,* la deuxième pièce que j'ai jouée aux côtés de Michel Creton, Christine Delaroche et Claude Vega. J'y campais le rôle pas banal d'un être mi-femme, mi-chien. Cette pièce s'inspirait du film *Didier* avec Alain Chabat. C'était un rôle physique : je devais me jeter au sol et glisser joyeusement de part et d'autre du décor. Des genouillères incrustées au costume et un revêtement de sol lisse et souple permettaient ces traversées incroyables. Cela m'a valu quelques visites à l'hôpital, tant mes rotules s'étaient abîmées au cours de ces exercices. Des épanchements de synovie faisaient parfois doubler de volume mes genoux. Il m'est arrivé plus d'une fois de ne plus pouvoir marcher avant d'entrer en scène. Mais toujours, comme par magie, l'esprit, la volonté, l'envie de jouer dépassaient le mal. Après la représentation, il ressurgissait dans toute sa virulence, plus vif encore. Mais j'avais réussi à dominer la douleur, à ne presque plus la ressentir durant une heure trente. Ce pouvoir du mental n'est-il pas extraordinaire ?

Nous possédons des capacités phénoménales que nous ne soupçonnons même pas.

Quelques mois plus tard, maman fera la connaissance de Philippe, ou plutôt, je ferai sa connaissance. C'était un jeune homme de vingt et un ans – onze années seulement nous séparaient. Sur le coup, je l'avoue, j'ai été un brin perplexe... Je me souviens des réflexions de mes copines de classe qui croyaient qu'il s'agissait de mon nouveau copain : «Eh bien, non, c'est mon futur nouveau père», avais-je répondu à l'étonnement général. Philippe était un homme dans la maison, qui comblait un peu l'absence de mon père. Ce très jeune beau-papa a eu le mérite de m'accepter et de m'adopter avec beaucoup de générosité. Nous avons débuté ainsi notre vie à trois. Maman me semblait épanouie et cela était plus qu'agréable.

En manque de ce père qui s'était volatilisé et sûrement par besoin de créer le cocon familial dont je rêvais, j'ai progressivement appelé mon beau-père «papa». Je pensais que c'était une proposition que maman et Philippe m'avaient faite, mais d'après ma mère, c'est moi qui en aurais fait la demande...

La mémoire, parfois, me fait défaut.

C'était cependant perturbant pour moi, lorsque je devais évoquer mon père à l'extérieur : j'appelais deux hommes «papa». J'étais un peu paumée lorsque l'on me demandait la profession de mon père par exemple. Laquelle devais-je donner? De quel père devais-je parler? Ce sera un coup l'un un coup l'autre. Je m'embrouillais, personne n'y comprenait rien, je ne voulais blesser ni l'un ni l'autre, je voulais les faire exister tous les deux.

J'ai rêvé longtemps d'un petit frère ou d'une petite sœur. D'un bébé. Je n'arrêtais pas de demander à ma mère de m'en donner un. Maman s'était remariée, je me disais que, peut-être ainsi, le bébé viendrait. Et puis, un jour, au cours de ma quatorzième année, Jérémy, le petit frère tant attendu, est arrivé ! J'en ai pleuré de joie, c'était une émotion incroyable. Il était d'une beauté spectaculaire, mon petit frère. Je me souviens que cela m'avait marquée : il n'est pas rare que les bébés aient un aspect disgracieux à la naissance. On dit en général qu'il faut attendre un mois pour que les tissus, la peau ou le crâne se remettent de l'accouchement. Mon petit frère, lui, était le parfait bébé Cadum. Ses traits étaient joliment dessinés, il était rond et lisse. Il faisait l'admiration de tous. J'étais fan, émerveillée et émue. Il représentait pour moi la plus belle chose qui puisse exister au monde. J'ai partagé la joie de maman lorsqu'elle a appris sa grossesse, j'ai suivi avec elle son évolution avec beaucoup d'émotion. Mon petit frère Jérémy a été un peu, pour moi, comme un premier bébé.

Je me suis occupée de cette superbe poupée vivante avec toute la tendresse que j'avais dans le cœur. J'étais une vraie petite maman : j'allais le chercher à la crèche et me promenais fièrement avec lui, tendrement lové dans le kangourou. À plusieurs reprises on m'avait demandé s'il était mon enfant et j'avais bien des fois eu envie de dire oui. Je le pouponnais, lui donner le biberon était un bonheur. J'avais enfin un petit être à chérir qui s'abandonnait totalement dans mes bras. J'étais récompensée au centuple de l'amour que je lui donnais par la douceur et par l'attachement naturel, sans retenue, qu'il me manifestait.

Jérémy est aujourd'hui un beau jeune homme, il est chanteur lyrique et sa carrière de ténor d'opéra s'annonce brillante. Je suis très fière de lui.

5

La tribu du cœur

Je résiste aujourd'hui grâce à un espoir, un moteur qui m'aide à rester debout. Celui d'abord de penser aux petits frères et sœurs de Jade, nos futurs enfants. Je voudrais leur dire que je les aime déjà et que j'ai hâte de les accueillir. Mon amour de maman est débordant, les voir arriver dans notre vie maintenant me permettrait d'avoir une vraie bonne raison d'être là. J'ai souvent fait ce rêve d'un couffin déposé à ma porte, avec un mot où il est écrit : «Je sais qu'il sera mieux avec vous...» Tantôt j'y découvre un petit garçon, tantôt une petite fille. Je me souviens d'une petite merveille à la peau couleur d'ébène. Je pourrais la dessiner tant ses traits et son expression sont précis. Le désir d'être là pour un bébé en manque d'amour, en manque de famille, est omniprésent dans ma tête et dans mon cœur. J'y pense chaque jour.

Le désir de l'adoption ne s'explique pas, il fait partie de soi. L'adoption est à mes yeux la rencontre de deux histoires à découvrir, à assembler. C'est une entreprise délicate et difficile qui exige beaucoup d'amour et de patience. Adopter, c'est trouver des parents à un enfant et non pas un enfant à des parents ; la nuance me semble de taille, l'intérêt de l'enfant est et doit rester prioritaire. Je pense qu'il faut accepter cette longue attente qui nous est imposée par les institutions d'adoption. Le nombre limité d'enfants adoptables n'est pas seul en cause. Nous ne sommes pas des parents idéaux pour tous les enfants. Aujourd'hui, par exemple, il nous serait impossible à mon mari et à moi d'accueillir un petit avec des besoins médicaux spécifiques. Nous n'en aurions pas la force. Ce qui a été possible un jour ne l'est plus aujourd'hui. Entendre hurler la sirène du Samu ou celle des pompiers me glace le sang. Après ce que nous avons vécu, nous ne pourrions pas endurer à nouveau les angoisses qu'impliquerait un tel accompagnement. Les futurs parents doivent correspondre au mieux à l'enfant, en fonction de son histoire et de ses besoins. Pas l'inverse. Chaque enfant est différent, chaque enfant a une histoire, et il n'appartient qu'à nous d'assumer toutes les conséquences de ces histoires. C'est d'amour dont il s'agit en premier lieu. Il est primordial de provoquer la meilleure rencontre afin que l'enfant reçoive le meilleur.

Le désir doit être le moteur essentiel de l'adoption : désir d'accueillir un enfant pour l'aimer, s'occuper de lui, lui transmettre une histoire familiale, des valeurs, lui donner le foyer qu'il n'a pas, l'accompagner dans son apprentissage de la vie, l'aider à grandir, l'aimer, le choyer, comme un enfant à qui on aurait donné naissance. Le lien entre enfants et parents est bien plus que le patrimoine génétique. Je suis persuadée, ayant vécu la maternité, qu'il est le même avec un enfant non biologique mais tout autant désiré.

Adopter, c'est d'abord un choix de vie avant d'être une bonne action. J'ai toujours eu cette envie, avec pour seule motivation l'amour à donner.

Souvent je me demande où se trouve notre enfant à venir. À quel endroit du monde, dans quel pays ? Je me demande s'il est né ou en phase de naître ? Sait-il inconsciemment que bientôt nous nous rencontrerons ? Est-ce l'âme de notre princesse Jade qui nous mènera vers ce nouvel amour ? Tant d'interrogations, tant d'espoir, tant de tendresse à partager...

Et la nature décidera d'une prochaine grossesse. L'accueil d'un enfant pourrait arriver avant, pendant ou après, peu m'importe. Je suis capable aujourd'hui d'assumer n'importe laquelle de ces options. Notre désir de fonder une grande famille est là. Jade savait qu'elle serait la grande sœur. Nous réaliserons ce rêve.

Avoir plusieurs enfants, d'ailleurs, m'aiderait à ne pas être dans la comparaison avec Jade. Je ne veux pas la remplacer. Personne, jamais, ne la remplacera. Chaque enfant est unique.

Je voudrais être vieille et voir courir partout autour de nous cette belle tribu du cœur.

Affectée par l'histoire de mes parents, j'ai nourri depuis mes plus jeunes années ce désir d'une famille unie autour d'un enfant.

Plus que tout au monde, j'ai toujours voulu être maman. Mais pas à n'importe quel prix. Pas n'importe comment. Ni avec n'importe qui. Je rêvais d'un mariage d'amour, et surtout, surtout, je souhaitais par-dessus tout que mes enfants grandissent avec leurs deux parents, entourés d'amour, de respect et de joie de vivre.

Mon idée du bonheur était exigeante et réclamait un partenaire d'élite. Je voulais assurément réparer les manques qui avaient assombri mon enfance. Mon métier d'actrice en tout cas n'a jamais été un frein à mon désir de maternité. J'ai attendu, non pas par angoisse de rompre une ascension professionnelle ou par crainte d'une quelconque déformation physique, comme j'ai pu souvent l'entendre dire par mes consœurs. J'ai attendu longtemps, pour ne pas reproduire le schéma de mes parents, par besoin d'être certaine d'avoir trouvé l'homme avec qui je souhaitais vieillir, même si une telle assurance n'est jamais possible. Je voulais en tout cas être dans une évidence, comme celle qui nous est arrivée lorsque j'ai rencontré mon mari.

Ce désir de famille unie était pour moi une réelle priorité.

Dès l'aube de ma vie de femme, inconsciemment, j'ai essayé de trouver l'homme qui pouvait être le pilier central de cet édifice : j'ai commencé par être attirée vers des hommes plus âgés qui représentaient une image paternelle. Mais on ne fait pas l'amour avec son père. De même, on ne construit pas une relation amoureuse avec son père. J'ai mis du temps à comprendre mon erreur. J'ai mis du temps à grandir, tout simplement. Mais j'ai appris de chacune de mes expériences.

Je voulais être indépendante, gagner ma vie.

J'étais hantée par la peur de la trahison et du mensonge. J'avais ce besoin sans faille d'avoir confiance en l'autre pour m'investir totalement. Je cherchais une relation basée sur le respect mutuel.

Dans le milieu où j'évoluais, cela n'était pas si facile. Je ne savais pas pourquoi on m'aimait. Je manquais de confiance en moi et cela s'amplifiait au fur et à mesure que je devenais une comédienne et populaire.

Penser que vivre avec un artiste est préférable, penser qu'il existerait ainsi une meilleure compréhension au sein d'un couple constitué de gens de même métier est une autre erreur. J'avais besoin d'un homme qui ne soit pas mon père, mais qui soit en prise sur la réalité, qui partage mes valeurs, des valeurs simples, solides. Je me sentais prête à aimer et à être aimée.

J'aime infiniment mon métier, mais j'ai un besoin vital de vivre une vie de femme normale, de me réfugier auprès des miens entre chaque tournage. J'ai besoin de complicité, de joie, de force, de maturité. Et ce panel tout entier, je l'ai rencontré au moment où je m'y attendais le moins, en ce tout début du mois de janvier 2011, en la personne de Thierry Peythieu, qui neuf mois plus tard deviendra mon mari.

Nos regards se sont croisés lors d'une soirée organisée par TF1. Une soirée où toute la profession est réunie autour de la galette des rois, le genre de réjouissances auxquelles je ne participe jamais. Ma timidité et mon manque de confiance en moi me font fuir ces fêtes mondaines. Cela m'a valu beaucoup de reproches d'ailleurs, mais rien à faire : cela reste un supplice et peut me rendre physiquement malade.

Je ne parviens toujours pas, aujourd'hui encore, à comprendre ce qui m'a poussée à sortir ce soir-là. J'étais comme téléguidée.

À mon arrivée, la soirée a déjà commencé, ainsi je peux me fondre dans la masse sans être trop remarquée, ce qui est un grand soulagement. Cela me laisse le temps de descendre ces marches qui mènent à la salle de réception tout en cherchant discrètement une amicale connaissance. Je balaie l'assemblée du regard. Et mes yeux se plantent dans ceux d'un homme dont le visage me semble familier. Pourtant, il n'en est rien. Le temps semble se figer, le son des voix devient sourd et confus, nous sommes comme aimantés l'un vers l'autre. Sur nos lèvres se dessine un léger sourire. Nous nous voyons pour la première fois et pourtant il nous semble déjà nous connaître...

Lorsque nous évoquons aujourd'hui notre rencontre, il nous plaît, mon mari et moi, de penser que nos anges gardiens de pères ont fomenté un complot pour que nos chemins se croisent.

Nous nous sommes trouvés à l'aube de notre quarantaine, à un moment où nous avons conquis de haute lutte, avec la maturité et la sérénité, la pleine conscience de ce que nous attendons de la vie.

Notre premier rendez-vous a été vécu comme dans un rêve. Nous avons pris le temps de faire connaissance, d'apprendre l'un de l'autre. Le moment que nous passons ensemble est une parenthèse exquise, dans une ambiance pleine de douceur. Notre complicité est immédiate. Nous sommes joyeux et détendus. La grande timide que je suis devient boulimique de paroles. Le charme réciproquement opère.

Nous aurions pu nous sauter dessus dès le premier soir, tout nous semblait tellement évident, mais nous nous contentons de nous serrer très fort l'un contre l'autre, et nous nous quittons amicalement. La priorité est ailleurs, nous avons en commun ce désir profond de construire et de fonder une famille. L'un n'empêche pas l'autre, me direz-vous, mais la pudeur est de mise et je trouve ça délicieux.

Les soirées s'enchaînent autour de conversations joyeuses... jusqu'au jour où nous nous rapprocherons et nous succomberons aux délices d'un amour longuement attendu...

J'avais découvert mon futur mari, un homme selon mon cœur : inscrit dans ce qui me semble être la vraie vie, une vie en tout cas qui me correspond, simple, authentique, en prise avec la réalité. Un homme ambitieux, doué du désir de se surpasser, de vaincre les défis qu'il se donne, et possédant une capacité d'adaptation absolument phénoménale. Un homme qui travaille avec discipline, non pas pour parader sur les tapis rouges, mais pour se prouver à lui-même qu'il est capable, malgré un démarrage dans la vie aux antipodes du cercle très fermé de l'audiovisuel, d'y entrer, d'y conquérir sa place et de la garder. Aujourd'hui, dans le métier, il a gagné la confiance de ceux avec qui il travaille et tous savent qu'on peut compter sur lui. Sa force de caractère est immense, son entrain et sa positivité chaque jour me fascinent. Il trouve la solution à tous les problèmes, il est d'humeur égale, agréable et joyeuse.

J'aurais adoré le rencontrer à vingt-cinq ans. Nous serions mariés depuis longtemps, je pense, et aurions sûrement déjà construit cette grande famille dont nous rêvons tous les deux. La vie en a décidé autrement, et peut-être est-ce bien ainsi.

La demande en mariage ne se fera pas attendre. J'ai rejoint pour quelques jours le sauvage paysage du Cap Ferret, et, ce jour-là, je me surprends à imaginer que peut-être nous pourrions... je n'ose pas aller au bout de ma pensée. Mais, à ma grande surprise, j'aurai l'émotion d'entendre mon très aimé – qui est en tournage à Paris – me faire sa demande au téléphone. Nous avons eu la même pensée en même temps ! Sans même y réfléchir, je dis oui. Il n'en revient pas de ma réponse immédiate, mais son bonheur est aussi grand que le mien.

Le film romantique de notre vie se poursuit.

Le lendemain, il est dans l'avion et vole vers moi pour me demander officiellement si je veux l'épouser.

Mon mari est de ces hommes impatients qui aiment agir dans l'instant. Il réfléchit avec rapidité, et son instinct, dit-il, ne le trompe pas. Alors, dans la vie, il fonce. Chaque minute à ses yeux est précieuse et doit permettre d'avancer. Son regard est porté sur l'avenir et les possibilités lumineuses qu'il contient.

Nous avons rêvé d'un mariage qui serait un émerveillement pour nos familles et nos proches : un feu d'artifice, un lâcher de colombes, un envol de lucioles, des ballons en forme de cœur qui dansent avec le vent, une journée sur les bancs d'Arguin, un concert privé... Un mariage tout en merveilles, intime et joyeux.

La presse est quand même présente, mais tout s'est déroulé dans un grand respect. Nous sommes arrivés dans le bassin d'Arcachon à bord d'une pinasse, un de ces petits bateaux typiques de la région, suivis et attendus par une farandole de bateaux curieux avec leurs occupants qui nous applaudissent et nous crient leurs vœux de bonheur. Il y a un monde fou. Nous pensons d'abord que le précédent mariage n'est pas fini, mais les gardes du corps, postés discrètement, nous avertissent qu'il s'agit d'une foule amicale et chaleureuse venue nous accueillir et partager ce moment précieux de notre vie. Moment émouvant... Nos musiciens sur la jetée, entourés de nos familles et de nos amis, nous attendent, et nous parcourons tous ensemble ce chemin qui mène à la mairie.

Mariage inoubliable, trois jours de festivités, pour le plus grand bonheur de tous. La couverture médiatique a été énorme mais bienveillante. Tous les articles décrivent une cérémonie joyeuse, notre bonheur, le sourire de Thierry, la joie inscrite sur mon visage...

Auprès de mon mari, mes peurs ont volé en éclats. Je me sens apaisée et en sécurité. Notre vie à deux débute comme dans un rêve. Et, malgré les traumatismes et les épreuves, nous poursuivons aujourd'hui notre chemin sans encombre avec un respect et un amour infini.

Avec lui je suis parvenue à aimer la femme que je suis devenue. Il est mon plus joli miroir. Dans son regard j'apprends à m'accepter, avec mes complexes et mes défauts, j'apprends à les apprivoiser, et la cohabitation est devenue, au fil du temps, meilleure et même agréable.

Avec lui j'ai envie de vivre et de partager mon plus beau rôle, celui de maman. Nous avons le sentiment d'avoir été fabriqués l'un pour l'autre. Nos différences se complètent à merveille, la vie est simple et cette tranquillité d'esprit est plus que douce à vivre.

Nous avons fêté ce 27 août 2014 nos trois ans de mariage et sommes heureux de constater que, malgré les épreuves, nous sommes restés fidèles aux idées que nous avions partagées lors de notre rencontre.

Il y a entre nous de la générosité, du respect, de la complicité, de la compréhension, de l'admiration mutuelle, beaucoup de partage, de l'entraide, une belle énergie et la volonté de nous en sortir, ensemble, face à l'insoutenable perte de notre fille.

Notre amour semble être scellé à tout jamais.

6

Faux espoir

Nous sommes tous les deux sur le tournage des *Toqués* dans la charmante commune de Cassis. Mon mari à cette époque est premier assistant-réalisateur sur deux épisodes de la série.

Nous aimons travailler ensemble, nous aimons passer ensemble tout notre temps, nous aimons vivre ensemble, bref, nous sommes heureux ensemble. Quelles que soient les conditions, il nous importe avant tout d'être séparés le moins possible.

C'est sur ce tournage que, deux mois après notre mariage, je vais apprendre la nouvelle de ma première grossesse.

Pendant un tournage, les jours s'effacent, la réalité perd son poids, nous n'y prêtons plus attention. C'est un moment hors du quotidien, hors de la vie normale. Nous vivons dans un monde clos et fictif où le temps est aboli.

Notre envie d'avoir un bébé, nous la gardons bien secrètement. Mais je n'oublie pas, chaque matin, de prendre ma température et d'en analyser la courbe afin de prévoir le meilleur moment de la « rencontre fabuleuse ».

Bientôt, quelques nausées apparaissent, mais elles ne sont pour moi que la manifestation d'une fatigue normale due à l'intensité du rythme quotidien. Nous n'avons pas oublié les quarante-huit heures propices, mais j'ai totalement occulté la date de mes prochaines règles. Je me suis rendu compte brusquement qu'elle était passée et que rien n'était venu.

Malgré cela, je crois à un simple retard. Bizarrement, je ne pense pas une seconde à l'éventualité d'une grossesse. Je me suis imaginé que le parcours pour accéder à ce rêve serait compliqué et long, et qu'à mon âge il faudrait s'armer de patience. Je pensais même qu'une aide médicale serait nécessaire. Erreur !

Quelques jours plus tard, alors que mon mari et l'équipe devaient tourner dans une pharmacie, je me souviens de lui avoir dit en rigolant :

— Tiens, entre deux prises, achète un test de grossesse.

Le soir, enfermée dans la salle de bains, je lis attentivement la notice et procède au test. Deux minutes plus tard, je regarde le résultat : POSITIF. Mon cœur se met à battre la chamade et ma tête s'emballe : ce n'est pas possible, je suis enceinte ? Moi ? Je me rappelle avoir relu la notice en long, en large et en travers, imaginant m'être trompée quelque part ! C'est pourtant simple comme bonjour : j'ai 99 % de chances d'être enceinte.

Mon mari est heureux, non, fou de joie ! Il se met à faire des bonds partout, tel un marsupilami, brandissant fièrement le test positif. L'explosion de sa joie me fait fondre de bonheur. Thierry a cette âme d'enfant, jaillissante et spontanée, qui me ravit, malgré son solide réalisme et ses pieds bien ancrés sur terre. Ces qualités sont au plus haut point séduisantes à mes yeux.

Je serais donc enceinte ! Je n'arrive pas à y croire, je n'y crois pas d'ailleurs, cela me paraît tout simplement inconcevable. Je pense faire partie du « pour cent » qui peut être fautif, si bien que nous décidons d'aller à la pharmacie pour vérifier le diagnostic. Le verdict du pharmacien est sans appel. Il nous confirme avec assurance : il n'y a aucune incertitude à avoir, ce test est fiable. Il nous félicite, tout heureux d'être le premier témoin de cette nouvelle merveilleuse.

Explosion de joie partagée. Mais j'achète tout de même un nouveau test pour être sûre. Et le lendemain, je refais toute la procédure : confirmation ! Plus de doute possible, j'attends un bébé ! Je suis en train de vivre le deuxième plus beau jour de ma vie. J'ai la tête dans les étoiles, je touche mon ventre à tout bout de champ, je lévite, je vole. Le tournage se passe comme dans un rêve. Entre les scènes, mon mari et moi échangeons des regards remplis d'émotion. Je préviens mon médecin parisien qui partage notre joie. Elle sait combien nous espérions cette nouvelle. Elle nous fait parvenir la prescription de ma première échographie. Je ferai, par acquit de conscience, une prise de sang le lendemain, comme si les preuves n'étaient toujours pas suffisantes !

Ce tournage de deux mois se déroule dans l'euphorie la plus totale. Nous avons tous les deux en permanence sur le visage un sourire béat que nous avons du mal à réfréner et à cacher.

Un jour après l'autre, l'évolution de cette petite vie avance, et le tournage se déroule sans encombre.

Je porte mon doux secret comme une parure, au prix d'efforts considérables pour ne rien laisser deviner. Enfin, n'y tenant plus, après une semaine, nous craquons et nous annonçons aux plus proches notre bonheur tout neuf. La rumeur se propage à la vitesse de l'éclair. Mais chacun se doutait un peu que nous avions « quelque chose » en route et chacun attendait que nous dévoilions le pot aux roses. Cette promesse d'enfant n'est en fait que la suite logique de notre amour, l'aboutissement de notre désir le plus profond.

Au bout de trois semaines, il faut faire cisailler l'arrière de mes costumes pour plus d'aisance, et j'adore ça. Cette série, dans laquelle la gastronomie tient la première place, me vaut, avec les odeurs de cuisine, des allers-retours fréquents aux toilettes, ce qui suscite les rires de mes camarades.

La première échographie de contrôle restera une émotion intense. Je garde en mémoire la vision de ce petit point clignotant, signe de l'activité cardiaque de notre petit. Je suis enfin réellement rassurée, émerveillée et heureuse. Mon mari et moi, nous trônons sur le plus beau des nuages, pour ne pas dire que nous sommes au septième ciel.

À la suite du tournage, nous regagnons le Cap Ferret et rejoignons mes parents pour partager avec eux cette toute fraîche grossesse qui me fait rayonner.

Depuis notre rencontre, tout est allé très vite, un peu comme si nous voulions rattraper le temps perdu et toutes ces années au cours desquelles, sans le savoir vraiment, nous nous cherchions.

Malgré ce grand bonheur, j'ai la sensation étrange que quelque chose ne va pas, je ne me sens pas bien, j'ai de légères pertes de sang. Mes parents et mon mari n'y voient que la manifestation d'une angoisse de future maman. Secrètement, je sens que certains symptômes disparaissent. Mon intuition est confirmée lors de notre retour parisien au cours de la deuxième échographie.

Mon médecin s'est d'abord voulu rassurante, et j'ai pendant quelques minutes espéré m'être trompée.

— Il n'y a pas de raison de s'alarmer, me dit-elle.

En vain : mon instinct s'est révélé exact. Première image, premier choc. Le petit point qui clignotait de manière si rassurante s'est transformé très distinctement en un petit embryon, mais il semble inerte. Je capte le regard anxieux de la gynécologue qui scrute désespérément l'écran, je vois mon mari qui veut encore espérer. J'ai compris. Je romps le silence :

— Je sais. C'est fini.

Nous avons tous les trois les larmes aux yeux. Le médecin se résout à articuler :

— Je suis désolée, le cœur s'est arrêté.

Ce jour, à quelques pas de la période maudite de Noël (Noël, encore !), nous encaissons notre premier traumatisme de futurs parents.

L'avortement à l'Hôpital américain a été programmé dans les quarante-huit heures qui ont suivi cet examen. Quarante-huit heures à attendre, la mort dans l'âme, la douloureuse intervention. Quarante-huit heures au cours desquelles j'ai vécu cette sensation terrifiante d'être le cercueil de mon bébé.

Mon organisme réagit à la douleur psychologique en se cabrant : la nuit qui précède l'intervention, j'ai des contractions d'une extrême violence, plus intenses encore que celles d'un accouchement. Mon corps est en train d'expulser ce petit être.

Je me souviens du regard que j'ai échangé avec le chirurgien qui a pratiqué l'intervention. Pas un mot ne pouvait sortir de ma bouche. La détresse qui me transperçait de part en part se lisait à travers mes larmes. Je me souviens de sa main délicate sur mon visage, je n'ai pas oublié la douceur de sa voix :

— Courage. À tout à l'heure...

Je me suis réveillée vide, dans tous les sens du terme. Mon corps n'est plus un cercueil. Il est vide, terriblement. Déserté.

Une page est définitivement tournée. Nous allons, mon mari et moi, réapprendre à vivre avec cet espoir évanoui. Les fausses couches, malheureusement, sont courantes au cours des trois premiers mois de grossesse. J'ai eu beau me le répéter, je suis inconsolable. Après avoir tant attendu, après avoir enfin trouvé le papa idéal, le bon moment dans ma vie de femme, après avoir mis tant d'amour à faire cet enfant, voilà que tout s'écroule.

Le soutien de mon mari, déjà à ce moment, est immense et me permet d'avancer avec l'espoir de recommencer et d'y croire à nouveau. Ma mère, qui avant d'avoir eu mon petit frère a vécu une expérience similaire, sait également trouver les mots qui soulagent.

La vie doucement reprend le dessus. Nous ne voulons pas rester sur cette douleur, sur ce sentiment d'échec. Nous espérons refaire un enfant tout de suite, mais la nature en décide autrement : nous attendrons une bonne année avant que mon corps accepte une nouvelle grossesse.

Nous nous réfugions durant trois semaines à la montagne, à Serre Chevalier, dans les Alpes, où vit la famille de mon mari, et nous y passons un Noël que je qualifierai de particulier...

Mais j'aime me retrouver là-bas avec la famille de mon mari qui est devenue la mienne. J'aime le grand air, l'espace, les vastes étendues immaculées, la pureté du paysage. J'aime ces retrouvailles familiales autour de feux de cheminée, après de longues heures à sillonner les chemins enneigés. J'aime cet endroit parce qu'il est celui où, enfant, j'ai appris à skier. Car un doux hasard fait que mon mari a vécu son enfance et son adolescence dans ces montagnes où je venais skier chaque année quand j'étais petite fille. Sans le savoir, pendant notre enfance, nous étions, lors des vacances de neige, au même endroit. Lui, un fils du village, skieur de haut niveau, et moi, petite Parisienne, qui venait avec sa mère. Nous avons dévalé les mêmes pistes de ski, passé du temps dans ce village, dans les mêmes rues.

J'ai retrouvé des photos de moi lors de ces vacances. Mon mari possède quasiment les mêmes, prises aux mêmes endroits. Nous nous sommes rendu compte également que nous avions vécu à seulement quelques encablures l'un de l'autre pendant une petite dizaine d'années. Dans les Hauts-de-Seine, sans jamais nous rencontrer, et pourtant, une fois encore, nous fréquentions les mêmes endroits.

Depuis notre tendre enfance nous sommes proches l'un de l'autre mais il nous a fallu attendre ce début de l'année 2011 pour qu'enfin nos regards se croisent. La vie est décidément imprévisible.

J'ai la chance d'avoir un mari qui va toujours de l'avant, un homme positif, au caractère spontané et jovial, tourné vers l'avenir. Son énergie et son amour m'ont aidée à reprendre le dessus. Sa vitalité, sa force et ce don exceptionnel de joie qu'il possède au plus haut point me tirent vers la vie, vers le bonheur. Et j'aime me blottir dans sa tendresse.

La vie, à son rythme, a repris le dessus.

Nous avons continué d'avancer chacun sur son chemin, chacun a fini par reprendre ses tournages respectifs, puis nous nous sommes retrouvés également de nouveau ensemble, sur le tournage de la série des *Toqués*.

L'annonce de la grossesse de notre petite Jade est arrivée quelque temps après un tournage où je suis partie au Maroc. J'ai tourné là-bas avec Frédéric Diefenthal *Une bonne leçon*. Une pure comédie romantique. J'aime ce registre à mi-chemin entre comédie et sentiments, j'aime interpréter ce genre de personnages à la fois drôles et tendres. J'ai toujours pensé que ces films pleins de fraîcheur et d'énergie faisaient du bien à regarder, qu'ils étaient une vraie bouffée d'oxygène pour le téléspectateur. C'est en tout cas ce que j'aime voir, moi, en tant que spectatrice. Ce téléfilm à mes yeux permettait cela : voyager pendant quatre-vingt-dix minutes dans un paysage enchanteur tout en étant porté par cette histoire d'amour entre deux êtres que tout oppose.

Je garde un vrai beau souvenir de ce tournage, et Frédéric Diefenthal a été pour moi une jolie rencontre. Je n'oublie pas sa présence au Père-Lachaise, où, discrètement, il s'est joint à notre chagrin, je n'oublie pas les paroles sincères qu'il nous a dites, elles étaient celles d'un papa ému. Je me souviens de conversations que nous avions eues pendant ce tournage. J'évoquais mon désir de devenir maman, la difficile reconstruction qui avait suivi ma première fausse couche, il me parlait de son bonheur à lui, de sa fierté d'être père. Frédéric est un homme vrai, profondément humain. J'ai aimé cette rencontre.

Nous avons tourné aux portes du Sahara, dans une ambiance très agréable. J'ai adoré le désert, malgré les conditions extrêmes dans lesquelles nous travaillions. L'équipe elle-même semblait fonctionner selon un mode inhabituel et se mettait au diapason du décor grandiose qui nous entourait. Le Sahara est comme un grand sage qui ne souffre pas la médiocrité. Sans qu'on puisse la retenir, la vérité de chacun émerge, quand le reste se fond dans l'immensité ocre. Tout est vanité, hormis la vie dans ce qu'elle a d'essentiel. Les préoccupations mesquines, les conflits inutiles, les minuscules rivalités, très vite, semblent dérisoires. Comme par magie, les choses de la vie reprennent leur place véritable. Le grand souffle du désert balaie toute petitesse et emporte l'âme vers les hauteurs où il se déploie.

Mais vivre, tout simplement, est difficile dans le désert : manger, boire, dormir sont des aventures sans cesse renouvelées. Il fait brûlant le jour et très froid la nuit. Il faut tout apporter sur place. Nous étions au milieu de rien, il n'y avait que du sable. Et simplement marcher dans ce sable pendant de longs moments est extrêmement fatigant. Nous partions tous les jours à 3 heures du matin pour être sur les lieux du tournage avec le lever du soleil, après deux heures de piste, avec, chaque jour, ce sentiment incroyable d'être le témoin d'un spectacle surnaturel de beauté et de pureté.

Travailler et aimer son métier, savourer cette chance de pouvoir l'exercer et d'en vivre est un rare privilège. Cela s'est présenté à moi, enfant timide et introvertie, comme un défi que je suis heureuse d'avoir relevé.

Mon mari me rejoint après trois semaines de tournage dans le désert, alors que nous nous replions sur Ouarzazate pour filmer quelques scènes dans un endroit moins aride. Nous célébrons nos retrouvailles. Bonheur d'être ensemble après une séparation qui nous a semblé très longue... Nous nous ressourçons dans la chaleur de notre amour.

Nous essayons comme des fous de reprendre une vie normale, de retrouver notre rythme, notre équilibre. L'amour, notre amour, nous aide à traverser ce moment difficile où il s'agit d'affronter les autres, ceux avec qui nous travaillons, nos amis, nos parents, notre famille. Nous faisons notre deuil du mieux que nous pouvons et continuons de nous parler beaucoup. Il est primordial de garder un dialogue dans ces moments de vie que sont les épreuves. Et nous y sommes parvenus.

Un homme n'est pas atteint physiquement par la perte d'un enfant en cours de grossesse, sa souffrance à lui est différente. Elle est morale. Il souffre également de voir sa femme démunie, dévastée. Nous, femmes, nous vivons cette perte à la fois dans notre chair et dans notre âme. Chacun doit être capable de comprendre et d'accepter le chagrin de l'autre.

La souffrance soude ou sépare.

La nôtre déjà n'a fait que renforcer notre amour.

7

L'espoir : la promesse d'une vie nouvelle

Nous sommes sortis plus unis, comme grandis de cette épreuve. Nous l'avons vécue ensemble, avons souffert ensemble, et, ensemble, nous nous sommes relevés. Nos longues conversations nous ont procuré un grand réconfort, nous avons sans cesse retrouvé, l'un chez l'autre, le parfait écho de nos pensées. Nous nous sommes efforcés de ne pas sombrer. Et nous avons fait notre possible pour ne pas tomber dans l'obsession de cette future grossesse.

Un peu plus d'un an après notre pénible expérience, j'ai l'impression d'attendre enfin un bébé. Je dis «j'ai l'impression», car une première prise de sang révèle un taux d'hormones HCG très faible, qui peut laisser présager une éventuelle fausse couche. Je n'arrive pas à savourer la joie de cette merveilleuse nouvelle, tant l'angoisse m'étreint de nouveau. Je me rappelle avoir appelé mon mari pour lui annoncer de manière plutôt surréaliste :

— Chéri, je suis un peu enceinte.

— Mon amour, tu ne peux pas être un peu enceinte ! Tu l'es ou tu ne l'es pas ?

Évidemment... J'étais enceinte, oui, mais avec, en perspective, le risque que peut-être cette grossesse n'aboutirait pas.

Je me suis mise au calme, je suis restée très tranquille. J'ai été suivie avec soin, exagérément même parfois, me semble-t-il. J'ai été très prudente. Scrupuleusement, j'ai surveillé l'évolution hormonale dont le taux augmentait de façon tout à fait normale. Les petits maux de la grossesse pointaient le bout de leur nez, et comme toutes les femmes qui nourrissent ce désir intense de maternité, j'en étais ravie. Cela me confirmait qu'il se passait bien quelque chose à l'intérieur de moi. Et ce quelque chose, c'était la vie, une nouvelle vie.

Évidemment, j'étais angoissée, j'avais peur que l'activité cardiaque ne s'arrête de nouveau. J'étais loin de la bienheureuse inconscience qui avait entouré notre première expérience. Mais tant bien que mal, je suis parvenue à gérer mon stress, les jours tranquillement se sont écoulés, les petits maux se sont peu à peu estompés. Et, enfin, nous avons franchi sans trop de mal le cap des trois premiers mois.

J'étais rassurée, mais la vie au vert me manquait, il me tardait de retrouver mon jardin, la mer et le soleil du Midi.

Notre villa nichée dans la verdure et qui domine la Méditerranée est l'endroit que nous avons voulu pour accueillir notre grande tribu en projet. Je ne suis pas matérialiste, j'ai acheté et revendu des biens immobiliers plusieurs fois dans ma vie, suivant l'évolution de mes envies, de mes possibilités et de mon existence. Je l'ai fait sans mélancolie. Je pourrais vivre sans aucun problème dans un endroit bien plus modeste et plus restreint si cela devait s'imposer. J'ai pour habitude de m'adapter. Mais cette maison a une saveur toute particulière. Nous l'avons choisie ensemble, mon mari et moi. Un véritable coup de foudre, comme celui de notre rencontre. Notre Jade y a laissé son empreinte, je souhaite aujourd'hui sincèrement la conserver.

Nos familles respectives aiment y séjourner, chacun y a trouvé sa place, son endroit fétiche et sa chambre attitrée.

C'est assez drôle et plaisant, et j'aime être au milieu de ce tourbillon lorsque nous nous y retrouvons tous. C'est un peu comme un parfum d'enfance, quelque chose qui me rappelle mes fabuleuses vacances en Vendée dans la maison de mes grands-parents près des Sables-d'Olonne. Je garde de ces années-là des souvenirs impérissables, un peu comme si j'avais grandi là-bas, emmitouflée dans les bras de ces grands-parents si chers à mon cœur...

Ma grossesse s'est déroulée paisiblement, dans cette maison, au rythme des allées et venues des miens.

Je n'oublierai jamais ce jour où, pour la première fois, j'ai senti mon bébé bouger en moi – je m'en souviens comme si c'était hier. Cette sensation merveilleuse restera à jamais gravée en moi. Mon mari était en tournage d'un téléfilm à Martigues. C'était un bel après-midi ensoleillé. J'étais plongée dans la lecture de mon livre fétiche du moment, *Ma grossesse mois par mois*. Grâce à ce guide précieux, je surveillais semaine après semaine l'évolution de mon enfant. Soudain, j'ai senti comme un petit poisson frétiller à l'intérieur de mon ventre. C'était doux, furtif, bouleversant. À ce moment-là, on se sent véritablement enceinte. Mon ventre était pourtant déjà bien arrondi, mais sentir la vie se manifester en soi est une sensation absolument extraordinaire. Je n'osais plus bouger, espérant un autre petit mouvement. Émue aux larmes, j'ai laissé un message au futur papa. Nous étions tous les deux émerveillés : notre rêve devenait réalité, chaque jour davantage.

Je possède des centaines et des centaines de photos de ma métamorphose, nous écrivions chaque mois sur mon ventre là où nous en étions dans la grossesse. Je suis heureuse de l'avoir vécu pleinement et d'avoir fait une pause professionnelle pour m'y consacrer totalement. J'ai savouré chaque instant et partagé avec nos familles ce sublime voyage de la vie.

Le plein air, la natation, la verdure, les longues promenades avec Rangoon, ma petite chienne tibétaine, me procuraient une sérénité sans pareille. Je ne me suis jamais sentie aussi épanouie. J'ai vécu une grossesse rêvée dans un cadre exceptionnel.

J'aurai au moins vécu ça...

En me promenant, j'écoutais en boucle *Under*, la chanson que j'aimais tant d'Alex Hepburn. Ce titre est vraiment représentatif de Jade. Il m'a accompagnée tout au long de ma grossesse. Les paroles sont d'une profonde tristesse, mais la mélodie évoque quelque chose de fort et d'énergisant, un climat pareil à celui de la merveilleuse attente que je vivais à ce moment-là.

Les rendez-vous chez les médecins étaient réguliers. Je pense avoir eu droit à une dizaine d'échographies au lieu des trois prescrites généralement. Notre petite princesse, non seulement s'était accrochée, mais se portait à merveille. C'était magique de la voir bouger et évoluer dans son petit monde. Nous avions toujours besoin d'être rassurés et nous prenions soin d'effectuer tous les examens possibles et imaginables. Chaque fois, tous étaient absolument parfaits. L'inquiétude était toujours présente, mais notre bébé grandissait. La puissance de cette petite vie qui, avec entêtement, en dépit de tout, se développait et s'épanouissait, nous laissait pleins d'admiration. Mes appréhensions, peu à peu, avaient fini par s'estomper.

Vous avez un bébé en parfaite santé, nous disait l'obstétricien de Nice.

C'est au cours d'un de ces multiples examens que nous avons appris, vers les quatre mois et demi, que nous attendions une petite fille :

— Les petits chaussons sont roses ! nous avait-on dit.

Je n'ai pas manqué de faire des razzias dans les magasins : Jade avait déjà un trousseau de princesse. Et c'est d'ailleurs le petit nom d'amour que nous lui donnions souvent, son papa et moi. Elle était pourvue – et abondamment – jusqu'à ses deux ans ! Sans compter les jouets, les poupées, les nounours.

J'imaginais déjà cette toute petite reproduction de moi. Les échographies en 3D nous permettaient de l'observer très distinctement. Elle tétait toujours une petite main. Pas un pouce ni un doigt, mais la paume. C'était absolument incroyable de la voir ainsi. Toutes les trois semaines, nous avions pris l'habitude de cette découverte en images et de ce bonheur de la voir grandir, sans que jamais personne soupçonne ou s'inquiète de quoi que ce soit.

La pathologie de Jade pourtant aurait pu – aurait dû – être décelée, mais la question d'interrompre la grossesse ne se serait pas posée pour autant. On n'interrompt pas les grossesses présentant ce genre de malformations, parce qu'elles sont curables, et les opérations de réparation de ces petits cœurs se passent en général très bien.

Cela nous a permis, au moins, de vivre au mieux ma grossesse. Je n'ai aucun regret, les souvenirs de ces neuf mois sont merveilleux de bonheur et de bien-être. J'aime aujourd'hui encore repenser à cet état d'euphorie. Bientôt j'allais être maman, bientôt nous serions trois. C'était une joie immense. De par mon âge, nous nous disions parfois que Jade était le bébé de la dernière chance. Notre vie allait changer du tout au tout. Nous n'attendions que cela. Tout, absolument tout tournait autour de mon ventre que je ne cessais d'admirer. Je n'ai pas eu de problèmes avec la transformation que subissait mon corps. Jusqu'à la fin, j'ai porté mes rondeurs avec fierté.

Je suis devenue, au fil des mois, assez spectaculaire. J'avais une sublime silhouette de mappemonde. J'ai passé mon temps à admirer ce ventre, à le caresser. J'ai vécu en osmose avec mon bébé, je lui parlais, je lui faisais écouter de la musique. J'ai vécu des moments exceptionnels et précieux. Je n'en pouvais plus d'impatience, je mourais d'envie de la découvrir, de la serrer tout contre mon cœur.

À bientôt, petite Jade !

8

Jade

Vers la fin du sixième mois, après quelques contractions préoccupantes, nous décidons de nous rendre à la Polyclinique Santa Maria de Nice. Je ne crains pas la menace d'un accouchement prématuré mais je sens mon bébé peser lourdement dans mon bassin.

Il est 20 h 30. Je m'installe confortablement dans la voiture et, très émus, nous prenons la route. Nous sommes partagés entre la joie de penser que nous sommes en train de répéter le trajet qui nous mènera au bonheur ultime et l'inquiétude d'accueillir notre fille aussi tôt, avec toutes les complications que cela comporterait.

La Polyclinique nous est familière, nous l'avons visitée quelque temps auparavant, le cadre est exceptionnel. Les salles d'accouchement, toutes différentes, sont décorées par thèmes : l'eau, la terre, le feu et l'air. Nous avons choisi celle du feu, pour son ambiance aux couleurs de couchers de soleil et sa vue imprenable sur la Méditerranée. Nous sommes loin des salles d'accouchement étroites et froides des anciennes maternités. J'imagine combien cela change tout pour l'accompagnement de cet événement. Mon mari souhaite ce qu'il y a de mieux pour nous. Et là, le confort et la sécurité sont réunis. Il serait absurde de s'en priver.

Nous envisageons un accouchement physiologique dans ce cadre idéal, confortable et propice à la relaxation. Les équipements médicaux sont présents, mais masqués. La sécurité est assurée en cas d'urgence vitale, et c'est évidemment ma priorité.

Il y a des lianes en tissu accrochées au plafond qui permettent d'adopter des positions soulageant la douleur et propices au bon déroulement du travail. Je découvre aussi un ballon de mobilisation, très efficace pour faire travailler le bassin tout en favorisant la descente du bébé. Je ne manquerai pas de l'utiliser le jour de la naissance de Jade.

21 heures. Nous arrivons à l'étage dédié aux naissances. Nous sommes chaleureusement accueillis par l'équipe et mon mari endosse pour la première fois la tenue bleu azur du futur papa. Nous sourions tous les deux, heureux malgré les douleurs intenses qui me vrillent le corps. J'essaie de rester digne, mais ma démarche révèle les fortes contractions qui me traversent, et mon allure manque décidément d'élégance. J'avance péniblement, le dos courbé.

Mon mari, amusé, me rappelle une conversation que nous avons eue avant que je sois enceinte : je ne comprenais pas pourquoi les futures mamans perdaient de leur superbe et pourquoi elles marchaient parfois comme des canards. Cela me faisait sourire et je m'étais juré de garder coûte que coûte ma féminité... Ne jamais jurer de rien et ne jamais affirmer tant que l'on ne sait pas de quoi on parle ! C'est une bonne leçon. Nous rions de bon cœur.

Le trajet vers la salle d'observation me semble interminable. On me présente un fauteuil roulant, je décline la proposition. Je suis dure au mal, je l'ai toujours été. Tant que je suis debout, c'est que je peux y arriver. J'y suis allée, à mon rythme d'escargot, mais j'y suis arrivée...

Le premier examen me rassure, il n'y a pas de danger imminent, le bébé est placé très bas, ce qui cause les douleurs, mais le col est bien fermé. Un monitoring a été installé pour une heure, suivi d'une piqûre pour soulager douleurs et contractions. Je m'évade peu à peu, je suis dans un état cotonneux, comme ivre, légère.

J'accepte le fauteuil roulant pour le trajet du retour. Je ne ressens plus aucune douleur mais mes jambes ne me soutiennent plus, elles se sont transformées en deux gigantesques guimauves.

Un traitement médicamenteux m'est prescrit pour ralentir les contractions. Je freine mes activités. Je n'ai pas vraiment eu peur, mais nous avons conscience, maintenant, que la vigilance est importante. Il est vital que je garde mon bébé bien en sécurité, au creux de moi, le plus longtemps possible. Je me sens pourtant capable de soulever le monde tant le bonheur me donne des ailes. Mais je reste au calme. Cela a été bénéfique. Les contractions ont fini par disparaître définitivement.

Au cours de la dernière échographie, mon angoisse est encore palpable. Nous insistons pour avoir un examen complet de notre bébé. Une fois de plus, l'obstétricien nous rassure.

L'accouchement est imminent et bientôt viendra l'heure tant attendue des présentations et de la vie de famille à trois. J'ai le souvenir, malgré tout, que le médecin s'est attardé sur le cœur de Jade. Il m'a semblé qu'il cherchait quelque chose qu'il n'a pas trouvé. Son ton rassurant ne nous alerte pas. Nous ne voulons retenir que l'émotion de voir notre fille sucer gentiment son poignet. Elle est magnifique et nous avons hâte de la découvrir pour de bon.

Je ne regrette pas le bien-être et le bonheur sans nuages que j'ai goûtés pendant ces neuf mois. Si j'avais été avertie de la pathologie de mon enfant, je n'aurais pas eu une grossesse aussi sereine. Et peut-être que Jade en aurait souffert, elle aussi.

Je souhaitais vivement accoucher le 3 octobre, jour de mon anniversaire. Ce jour-là, j'ai marché de longues heures, je ne suis pas restée en place une minute. Je me suis même lancée dans de grandes opérations de jardinage et de nettoyage des grandes baies vitrées de la maison sous l'œil ahuri de mon mari qui vérifiait constamment que la valise prévue pour la maternité était bouclée et bien placée dans le coffre de la voiture.

Les heures ont défilé, je me suis épuisée en vain : ma princesse avait décidé de rester au chaud quatorze jours de plus.

J'ai fait ma dernière séance de préparation à l'accouchement dans la piscine. Très agréable. J'en suis sortie, comme toujours, détendue et ravie.

À chacune de ces séances de préparation, nous faisons un monitoring, et, chaque fois, cette même phrase revient : « Votre petite puce est en pleine forme. La vitalité et le rythme cardiaque sont plus que rassurants. »

Malgré les précautions les plus scrupuleuses, malgré tous les examens et les échographies, rien, jamais, n'a été décelé. Cela peut faire peur. Et je me demande aujourd'hui quel serait mon état d'esprit si je devais affronter une nouvelle grossesse. La peur, indéniablement, serait présente. De même que l'appréhension que je ressentirais à l'idée d'être mère à nouveau. Comment faire pour exorciser cette terreur que m'inspirent les menaces qui pourraient planer sur la santé et la vie de mon bébé ? J'imagine que j'aurais constamment besoin de contrôler sa respiration, que je serais incapable de m'endormir paisiblement.

Il nous faudra apprendre à dompter toutes ces craintes, toutes ces angoisses...

Notre accoucheur nous avait fixé un rendez-vous entre le 16 et le 18 octobre. Le 16 au matin, les contractions semblent se préciser. Je transmets les informations concernant leur fréquence à notre chef d'orchestre qui organise notre accueil à la maternité pour le soir. Le moment tant attendu est arrivé. Je vérifie une énième fois le contenu de notre petite valise commune, je prends le temps de me relaxer dans un bain et je vis mes derniers instants de future maman. On m'a bien prévenue d'en profiter, car, après la naissance du bébé, la vie ne sera plus jamais la même, et à la fatigue de l'accouchement s'ajoutera celle des nuits blanches.

Tout cela est sans doute vrai, pensais-je, mais pour moi, le bonheur sera bien plus fort que tout. Bientôt, les mamies nous rejoindront pour découvrir la petite Jade tant attendue. Elles ne connaissent pas le prénom que mon mari et moi avons choisi et que nous gardons dans le plus grand secret.

Au cours de l'un de nos dîners d'été, nous avions organisé une sorte de jeu familial où chacun devait deviner le prénom de notre fille. Belle-maman avait laissé échapper le prénom de Jade, la chipie ! Elle ne savait pas qu'elle venait de gagner, mais mon mari et moi avons joué aux innocents, nous n'avons pas bronché et fait de notre mieux pour brouiller les pistes. Nous avons seulement échangé un regard complice, un petit sourire en coin, genre « elle est trop forte, ma mère »... Petite Marie, ma belle-maman, allait être ravie d'être la grande gagnante, ravie surtout de voir son rêve se réaliser : son fils allait être papa. J'étais heureuse de lui apporter cela. Je l'aime beaucoup, Marie. Je suis avec elle comme avec ma grand-mère, peut-être parce qu'elles ont le même âge.

J'aime cette relation où les générations éloignées font que c'est à notre tour de nous occuper d'eux, donner à mes grands-parents le titre tant attendu d'arrière-grands-parents – leur petite « Nini », comme ils disent, allait à son tour donner naissance, et la famille s'agrandir. Et nous, futurs parents, allions faire démarrer la nôtre. Maman, émue de me voir si épanouie : enfin sa fille a trouvé bonheur et accomplissement et bientôt elle va goûter aux joies de cette maternité qu'elle a tant désirée.

Jade a donc finalement pointé le bout de son nez trois semaines avant le terme de ma grossesse. Les médecins ne semblaient pas s'en émouvoir.

La chambre réservée à la maternité est prête et semble nous attendre. Nous avons l'impression d'être dans un de ces paquebots qui traversent la Méditerranée. Nous voguons sur les vagues bleues étendues devant nous. Les grandes baies de notre chambre s'ouvrent sur la mer, à perte de vue. C'est extraordinaire de beauté.

Malgré les contractions, je suis en pleine forme. L'excitation de devenir maman est immense. Notre soirée s'organise autour d'un dîner raffiné arrivé sous cloche. À côté de nous, le petit berceau transparent nous tend les bras. Dans quelques heures, il sera le nid de notre petite Jade. J'y ai déposé deux petits doudous avec lesquels j'ai pris soin de dormir pendant deux mois afin qu'ils s'imprègnent de mon odeur, pour que notre bébé se sente en sécurité.

L'accouchement semble se dessiner pour le lendemain. Nous esquissons quelques pas de danse, mon mari et moi. Nous sommes impatients et animés d'une joie infinie.

La nuit se passe, douce, rythmée par l'agréable bruit des vagues. Vers 7 heures, je descends en salle de naissance.

La journée est belle et ensoleillée. Mon mari n'arrête pas de me mitrailler et de prendre des photos pour immortaliser l'événement mémorable. Le travail a débuté tranquillement, les contractions se font intenses et plus régulières, mais je garde le sourire. Je trouve même la force de me lever et de faire encore quelques pas de danse, agrippée au pied de ma perfusion. Les fous rires se mêlent à la douleur. Mais : même pas mal ! Le bonheur est un anesthésique puissant.

J'ai attendu la dernière minute pour la péridurale. Je me suis relaxée sur le fameux ballon et j'ai exécuté les mouvements comme on me l'avait expliqué, puis j'ai fait travailler mon bassin afin d'aider ma poupée à entamer sa descente.

L'angoisse de l'accouchement semble s'être envolée. Je suis divinement accompagnée et l'avancement du travail se fait en douceur. C'est agréable, mais bien plus encore, je l'avoue, après la péridurale. L'émotion est à son comble, je laisse échapper quelques larmes de bonheur. Je suis en train de réaliser pleinement le grand rêve de ma vie.

Je pense à papa qui, là-haut, doit sourire et s'émerveiller de tant de bonheur. Mon mari et moi échangeons des regards chargés d'émotion, nous sommes terriblement heureux et émus, nous nous prenons par la main, et nous nous serrons très fort. Je me souviens de son angoisse sur le fait de savoir si je savais bien pousser, si j'avais bien appris mes leçons... Nous avons ri. À quelques minutes de l'arrivée, il était temps...

J'imagine maman, ma famille, nos familles, qui pensent à nous, attendent impatiemment la venue de notre fille et la révélation de son mystérieux prénom.

Nous voulons égoïstement garder ce moment de vie pour nous, ainsi que les quelques jours à la maternité, pour profiter à deux de notre bébé. Il est prévu que les mamies nous rejoindront le lendemain de notre première nuit à la maison à trois. Je suis sûre que les pauvres trépignent d'impatience !

Le travail a été long, mais nous n'avons pas vu le temps passer. Une épisiotomie et des ventouses ont été nécessaires. Jade est arrivée à 16h34. L'accouchement a été vécu dans l'émotion la plus intense. La concentration et le stress se lisaient sur le visage de mon accoucheur.

L'envie, la pression j'imagine, que tout se déroule au mieux. Après quelques gouttes de sueur partagées, j'ai pu enfin attraper mon bébé et la blottir tout contre moi. Émus aux larmes, tous. Mon mari amoureusement m'embrasse, avant de murmurer :

— Tu as fait du bon travail, chérie.

Il me semblait entendre les battements de son cœur tant il était heureux et bouleversé.

Jade nous a offert ses premiers cris, pareils aux doux miaulements d'un chaton qui appelle sa mère, des petits *maeuh*, comme si déjà elle savait dire maman. Des pleurs délicats, élégants et terriblement féminins. Ma fille est une adorable poupée à la bouche parfaitement dessinée, avec des yeux en amande, une vraie petite Indonésienne, tout comme sa maman bébé.

Lovée contre mes seins, une main délicatement posée contre son menton, ses petits pieds soigneusement croisés telle une petite, toute petite danseuse étoile, elle est magnifique.

L'émotion a été intense. La pression retombe, tout va bien, mon bébé est là, c'est le bonheur total.

Jade, accompagnée de son papa, est transportée pour ses premiers soins.

Mais soudain, je sens que je m'en vais. Je dis :

— Je suis en train de partir ! Je pars !

Mon corps me lâche, peu à peu je ne sens plus rien, je m'évanouis. Malaise vagal. Ma tension a chuté brusquement. Le ressenti, la sensation ont été trop forts.

Mon mari fait des allers-retours entre notre fille et moi, ne sachant plus comment naviguer entre la joie et l'angoisse. Les portes de la salle de naissance se sont refermées. Il attend mon réveil, au comble de l'inquiétude.

Heureusement, mon malaise est bref et tout revient rapidement dans l'ordre.

Mes premiers mots sont pour ma fille :

— Comment va Jade ? Où est-elle ?

On l'a mise dans une couveuse pour la réchauffer. Je me sens mieux. J'attends patiemment le moment où je pourrai prendre ma fille dans mes bras. Juste le temps pour mon mari de constater, amusé, que mon ventre très arrondi a complètement disparu. C'est sa manière à lui de détourner avec ironie la tension dans les situations délicates et d'installer une ambiance positive.

Notre princesse nous rejoint enfin et reprend sa place tout contre moi.

Ainsi débute notre vie à trois. Je viens d'accomplir la plus belle chose de toute mon existence.

La nuit maintenant est tombée, nous sommes réunis tous les trois. L'explosion de joie de notre famille est immense, bouleversante, et nous ne manquons pas de leur envoyer photos et vidéos de notre petite beauté. Un peu avec maman, un peu avec papa. Quelle émotion de voir notre bébé dans les bras de mon mari. Il semble être père depuis toujours.

Notre rêve est devenu réalité.

Jade est paisible, sereine, emmitouflée, toute de rose vêtue. Exactement à l'inverse de ce que j'avais pensé quelque temps auparavant. Rose pour les filles, bleu pour les garçons, c'est ringard, avais-je dit. Le rose pourtant prédomine dans ses petits vêtements, et cela lui va à ravir. Dans sa chambre également, il y a un peu de blanc, mais surtout du rose... Nous l'avons préparée avec amour et en avons fait un véritable royaume de princesse.

Le moment de la tétée d'accueil reste un souvenir inoubliable. Au début, je suis un peu malhabile. Mais quelques conseils de la sage-femme nous permettent, quelques minutes plus tard, de savourer toutes les deux cet instant magique sous le regard attendri de mon mari.

Il me semble que, désormais, plus rien ne peut m'arriver. Devenir mère, j'en suis convaincue, va pallier ce manque de confiance démesuré qui me poursuit depuis mon enfance.

Ma vie, mon esprit tout entier sont comblés par cet amour nouveau et fusionnel. Ma priorité, c'est elle, ma fille, c'est nous. Je me sens forte comme jamais, épuisée mais heureuse, profondément heureuse.

Les services d'une sage-femme me sont proposés pour la nuit. Elle s'occuperait de mon bébé afin que je puisse récupérer un peu tout en restant à proximité. Nous ne serions séparées que par la salle pour le bain et les changes de Jade. J'ai d'abord envie de refuser, mais mon mari sait trouver les mots pour me convaincre. Et surtout je peux, si je le souhaite, les rejoindre à tout moment pour m'occuper de ma petite Jade. Les douleurs de l'épisiotomie se font sentir, je récupère difficilement de mon malaise vagal, je finis donc par accepter. Je me détends, tout doucement, les angoisses de ce long voyage de neuf mois s'évanouissent.

Quelques baisers échangés, un bouquet de «je t'aime», et mon mari nous laisse récupérer toutes les deux de ce petit marathon qu'est la naissance.

Évidemment, je ne résiste pas à l'envie de rejoindre ma princesse toutes les nuits. Cela devient le jeu du soir entre la sage-femme et moi :

— Bon, eh bien, à tout à l'heure ! me dit-elle en souriant.

Et nous passons des heures ensemble à veiller ma petite, à l'admirer et à discuter de ce bonheur extraordinaire d'être mère. Elle m'enseigne sa façon toute particulière d'emmailloter Jade, comme dans un cocon – ainsi les bébés retrouvent la sensation qu'ils ont à l'intérieur du ventre de leur mère et cela les rassure beaucoup.

Pour le confort de mon bébé et pour atténuer les traumatismes liés à la naissance, nous avons organisé la venue d'une ostéopathe spécialisée dans les soins pour nourrissons. Jade profite ainsi de sa première séance de massage. Elle semble apprécier beaucoup. C'est un vrai plaisir pour moi de la voir ainsi, totalement détendue. J'apprends ce jour-là les gestes qui lui sont agréables. Je ne manque pas de les reproduire à chaque sortie du bain. C'est notre plaisir à toutes les deux, un petit moment privilégié parmi tant d'autres, puisque chaque instant est synonyme de bonheur.

Nous sommes heureuses, malgré le va-et-vient permanent des puéricultrices et des sages-femmes qui, juste pour le plaisir de découvrir Jade et sa maman, interrompent constamment nos moments d'intimité. Je comprends leur curiosité et l'envie de venir me dire bonjour, mais j'avoue que, venant d'accoucher, les séances de photos souvenirs me sont parfois difficiles à assumer. Certaines désirent même donner le biberon ou le bain à ma place. Je n'ose rien dire...

Puis un matin, je vois débouler la chef de service dans ma chambre à la recherche de ses «petites abeilles». Elle a deviné qu'elle trouverait son petit monde autour de ma poupée. D'un seul regard, en un éclair, elle fait s'envoler son essaim.

Embarrassée par cette manifestation soudaine d'autorité auprès des filles, je lui demande surtout de ne pas les sanctionner. Certes, elles ont été un brin envahissantes, mais je comprends et ce n'est pas grave.

Mais mademoiselle Rigaud, très protectrice à notre égard, s'assure d'ailleurs, chaque jour, qu'il ne manque rien à notre confort. C'est elle qui gère et organise ici le séjour des personnalités. Elle le fait avec cœur et générosité.

Quelques minutes plus tard, notre ange gardien revient me voir, brandissant fièrement le Cocoonababy (un cocon ergonomique qui maintient bébé dans la position semi-fœtale, le must du dodo) qui avait servi aux bébés d'Angelina Jolie !

Le confort maximum est apporté à ma petite Jade, c'est mignon comme tout.

Ce sont des souvenirs auxquels je me raccroche fortement aujourd'hui.

Jade n'aura pas le plaisir de tester le Cocoonababy si précieux de la maternité, à la grande déception de mademoiselle Rigaud, car de petits rejets récurrents après ses biberons nous obligent à la coucher, la tête un peu surélevée.

Ses rejets m'inquiètent un peu, mais tous ici me rassurent. C'est monnaie courante, me disent-ils.

Il est vrai que Jade ne montre aucune gêne particulière après avoir régurgité.

J'admire ma fille si gracieuse. Je revois ses attitudes incroyables : toujours ce petit détail caractéristique, signe d'une féminité plus que précoce. Ses mains sont toujours délicatement posées, et souvent, elle sourit dans son sommeil. Cela m'émerveille. Je reste des heures à l'observer, à la contempler, à la prendre en photo, tous les jours, à chaque instant.

9

Bonheur, fragile bonheur

Le bonheur. Voilà ce qu'est vraiment le bonheur : ce petit bout de moi, de nous, qui par une belle journée d'octobre est arrivé dans notre vie. Bientôt mon mari va venir nous chercher. Il fait encore chaud en cette saison dans le Sud, peut-être pourrons-nous dans quelques jours nous balader tous les trois au bord de la mer. J'imagine l'émotion des mamies en découvrant leur petite-fille tant attendue. Je suis maintenant pressée d'assister à cette rencontre.

Ma vie a pris un tout autre sens, je me sens enfin moi-même, forte comme jamais, j'ai cette impression incroyable de ne plus avoir peur de rien ni de personne, d'être débarrassée de tout complexe. Ma fille, mon bébé d'amour m'apporte tout cela. Cette toute petite merveille, avec ses 48 centimètres et ses 2,770 kilos, me transforme. À elle toute seule, elle me donne cette sensation phénoménale de voler au-dessus du sol. Voilà quatre jours que nous sommes collées l'une à l'autre, quatre petits jours, et il me semble qu'elle a toujours existé et que c'est moi qui viens de naître.

Mon mari, fou de joie, est en route. Il est un peu en retard. Nous sommes prêtes depuis une heure et je trépigne d'impatience à l'idée de rentrer à la maison. Je le découvre sur mon portable, en vidéo, chantant, entouré d'énormes peluches et de ballons qui emplissent la voiture :

— Je viens chercher mes princesses chéries avec mes nouveaux amis !

— Ton papa est génial, mon amour, il arrive avec tout Walt Disney, rien que pour toi !

Avant de quitter la clinique, nous nous rendons à la dernière visite de contrôle avec le pédiatre. Les petites abeilles ne manquent pas de défiler tour à tour, chacune me souhaitant le plus grand des bonheurs avec notre petite poupée. Mais il me semble qu'il manque Anaïs. J'aurais aimé l'embrasser, Anaïs. Nous avons donné ensemble son premier bain à Jade. J'en garde un souvenir impérissable. C'est elle qui m'a donné confiance et qui m'a enseigné les bons gestes pour m'occuper de mon bébé.

Depuis, Anaïs m'a envoyé d'affectueux messages de soutien. Cela m'a bouleversée. Elle semblait très affectée, je ne l'oublierai pas, de même que je n'oublierai jamais ces moments partagés avec elle autour de ma fille.

Petite Jade, tendrement lovée dans mes bras, fait l'admiration de toutes et de tous. Même du pédiatre qui nous invite maintenant à entrer dans sa salle de consultation, le carnet de santé à la main, pour y enregistrer notre sortie de la clinique.

Une ultime pesée confirme la bonne prise de poids. Bébé réactif, rosé, tout semble parfait. Malgré tout, le médecin demande de couper la climatisation afin de mieux entendre. Mon mari vient nous rejoindre, sourire aux lèvres, poussant le landau de Jade.

— Tout va bien ?

— Tout va bien, oui. J'entends juste un petit souffle au cœur, mais rien d'inquiétant. On estime à 90 % les bébés chez qui on entend ce petit souffle. En attendant, vous pouvez aller déposer les valises dans la voiture. Je vais demander d'effectuer une échographie de contrôle pour être sûr, et vous pourrez rentrer.

Je suis un peu angoissée, mais mon mari me rassure :

— Enfin, Ingrid, chérie, il est consciencieux et c'est tant mieux. Dans dix minutes on est sortis et je vous présente tous les petits copains que j'ai achetés. Je te rejoins en salle d'échographie, mon amour.

Jade et moi partons vers ce dernier examen avant la délivrance. Je n'en peux plus d'impatience. Je n'ai envie que d'une chose : arriver à la maison, hurler mon bonheur, faire découvrir à Jade son univers douillet et nous régaler de notre début de vie en rose...

La salle d'examen est froide, mais l'accueil chaleureux. La lumière est tamisée pour mieux voir l'image sur l'écran de contrôle. Je sais que Jade va bientôt manifester l'envie de manger, mais j'ai appris avec mes petites abeilles le geste qui la fait patienter : je lui propose mon petit doigt qu'elle tète vivement.

Nous sommes, son papa et moi, accrochés aux lèvres du médecin, mais rien ne sort, pas un bruit. L'ambiance devient pesante, mon cœur s'emballe, je tente en vain de comprendre ce que je vois sur l'écran. Mon mari essaie, avec son plus doux regard, de me rassurer, mais je suis sûre qu'au fond de lui il ressent la même angoisse que moi. Les minutes me semblent interminables. Pourquoi ce silence ?

L'infirmière qui nous accompagnait, Jade et moi, n'a plus le même visage, son expression est grave. A-t-elle compris ce qu'elle est en train de découvrir sur l'écran ?

Le cardiologue brise enfin le silence et pose son regard sur nous.

— Il y a un problème, dit-il.

Mon sang se glace, je vais m'évanouir. Que veut-il dire ?

— Jade a une malformation cardiaque. Dans le cœur de votre bébé, il n'y a pas de paroi. C'est grave, mais c'est curable.

Dans mon désarroi, j'entends « incurable ». Tout s'écroule, je m'effondre, je n'entends plus rien. La peur de perdre mon bébé me submerge. Mon mari me prend la main et se veut confiant. Il fait de son mieux pour me réconforter.

— C'est curable, chérie. Il va falloir opérer mais c'est curable...

Je n'en peux plus d'entendre ce mot, j'étouffe. Je me repasse le film de ces neuf mois de grossesse et de ces multiples examens effectués tous les quinze jours, de mon inquiétude constante et de ce discours toujours répété : détendez-vous, profitez, appréciez, votre bébé est en pleine forme...

Je reviens à la réalité, je prends sur moi, tant bien que mal, et je tente d'écouter ce qui va suivre.

Et ce qui suit est bien loin de la vie en rose... C'est curable oui, ça, enfin, j'ai bien compris. J'entends surtout que nous n'allons pas rentrer à la maison et que je vais être séparée de mon bébé.

— Un traitement doit être mis en place pour soulager le cœur de votre petite, affirme le médecin, elle doit être transférée à l'hôpital l'Archet de Nice.

La vie tout d'un coup bascule. Voilà comment, en quelques secondes, on peut passer d'un état euphorique à celui qui nous plonge dans la plus grande détresse.

Nous ne regagnons pas la voiture, mais de nouveau la chambre. Le Samu va bientôt arriver pour récupérer notre enfant et nous n'avons pas l'autorisation de monter avec elle dans la voiture qui l'emportera. Le moment de la déposer dans ce lit de fortune est un déchirement sans nom. Tout contre elle je dispose les deux petits doudous empreints de mon odeur. En larmes, nous la regardons s'éloigner.

Notre bonheur s'effondre. À ce moment précis, nous sommes dans le plus grand désarroi car nous ne savons pas ce qui nous attend, seule la peur est là qui nous serre la gorge. Nous regagnons la voiture, mon mari cache du mieux qu'il peut les innombrables peluches qu'il a rassemblées avec amour pour sa fille, et nous prenons la direction de l'hôpital l'Archet.

10

La longue marche

Pour plus de confidentialité, Jade est placée dans un endroit à part jouxtant le poste des infirmières, bien calée dans un petit berceau et toute perdue dans une grande pièce où je n'ai pas le droit de dormir avec elle.

Des électrodes pour la surveillance de son cœur sont posées, un saturomètre autour de son petit pied pour mesurer l'oxygène, et sa tension et sa température sont régulièrement contrôlées. Fini le monde de Oui-Oui, nous sommes dans un univers effrayant, très éloigné de nous.

Dans le service de néonatalogie – celui où l'on sauve la vie des tout-petits –, nous découvrons pour la première fois l'extrême vigilance vis-à-vis de l'hygiène. Nous ne pouvons plus prendre notre bébé dans nos bras sans une désinfection minutieuse et devons revêtir la tenue réglementaire pour l'approcher.

Nous réalisons la grande fragilité de notre bébé. Le moindre microbe peut se révéler dangereux pour sa vie et doit être tenu à distance. Le gel hydro-alcoolique fait désormais partie de notre quotidien. Nous pénétrons dans une autre dimension. Nous réalisons que notre vie sera différente jusqu'à l'opération à cœur ouvert qui aura lieu lorsque le poids de Jade sera considéré comme acceptable pour supporter une telle intervention.

La réparation du cœur de ces petits s'effectue avec les propres tissus de l'enfant, ils doivent donc être suffisamment résistants pour être capables de supporter le flux de la pression sanguine.

À cet instant, mes pensées vont vers notre famille qui est sur la ligne de départ et attend avec impatience le moment de dégainer les billets d'avion pour la rencontre avec notre petit trésor. Je pense aux mamies qui arrivent demain et qui, *a priori*, ne pourront pas voir Jade, à mon beau-père déjà en extase devant sa petite-fille. Je pense à mon oncle et ma tante qui vivent tout près de chez nous, et qui n'ont pas pu résister et sont venus à la maternité. Le jeune frère de maman avait à peine osé s'approcher du berceau.

C'était le moment encore où tout n'était que joie.

Notre royaume de princesse restera désespérément vide une dizaine de jours. Nous passerons la totalité de nos journées auprès de notre fille, nous habituant peu à peu à cet environnement aseptisé puis au traitement. Tout ce qui lui est administré, nourriture ou médicament, est précautionneusement dosé et finalement très bien accepté.

C'est à ce moment-là que nous prenons contact avec l'hôpital Necker. L'état de Jade ne présentant aucun caractère d'urgence, nous pouvons rentrer enfin chez nous.

Notre retour à la maison est un bonheur indescriptible.

Jade devra subir un contrôle par échographie tous les quinze jours, le dosage du traitement évoluera en fonction de sa bonne acceptation et de la prise pondérale de notre petite.

Les horaires du traitement sont assez contraignants et précis mais, au fil des jours, nous sommes plus sereins et savourons à nouveau notre rôle de parents à part entière.

Les médecins nous ont tous apporté un maximum de soutien. Nous pouvons revenir vers eux à la moindre angoisse. Si nous avons des questions ou une quelconque appréhension, ils sont disponibles pour nous. Nous prenons soin de faire un bilan hebdomadaire. Je note scrupuleusement, tous les jours, l'heure de chaque biberon, la quantité absorbée, le poids de notre petite, le nombre de régurgitations, les selles, les urines. Tout cela est important, et mon carnet de bord est minutieusement et quotidiennement rempli.

La vie ainsi reprend le dessus. Nous jouissons de chaque minute avec une intensité que seuls peuvent comprendre ceux qui connaissent une détresse et une angoisse similaires aux nôtres. Chaque instant auprès de notre petite Jade est précieux et tout nous semble extraordinaire. Nous profitons de tout et nous vivons dans une extase permanente.

La famille peut enfin découvrir notre petite merveille. Chacun a l'espoir que, bientôt, ce démarrage délicat ne sera qu'un mauvais souvenir. Je repense à Oncle Jo, mon parrain, que j'ai choisi pour être également celui de Jade. Il avait avec sa filleule des séances de câlins interminables. Ces images de bonheur restent gravées dans mon cœur.

J'aimerais tant revivre de ces instants...

Nous nous préparons mentalement à affronter la grosse opération. Nous avons peu de temps, mais nous devenons imbattables sur les statistiques : nous savons que, tous les mois, chacun des chirurgiens de Necker effectue environ trente interventions de ce type et que le pourcentage de réussite est considérable. Certaines sont très délicates et, parfois, on ne peut empêcher une fin tragique. Mais nous restons optimistes et confiants.

J'ai beaucoup nagé pendant ma grossesse, c'était une sensation très agréable. Aussi, Jade adore l'eau, et le moment du bain est toujours un vrai moment de plaisir et d'apaisement pour elle. Tout se fait en douceur, toujours, et je prends soin de créer des ambiances douces et chaleureuses, je lui explique chaque geste et la fais participer au rituel de son bain. Jade est très curieuse et nous mange du regard. Elle explore le monde avec gourmandise. Nous lui expliquons tout, même les choses les plus difficiles, et nous avons cette force de rester positifs et de la rassurer toujours, quoi qu'il se passe.

Je pense aujourd'hui que c'est nous qui avions besoin d'être rassurés.

Nous nous organisons, mon mari et moi, comme tous les parents de la terre. J'emménage dans une chambre avec ma fille lorsque mon mari doit reprendre le chemin des tournages, afin de lui permettre de dormir un peu. Je suis épuisée, mais cela n'a pas d'importance. Je ne pense qu'au bien-être de ma fille, à sa santé. Ce qui compte, c'est que mon bébé se sente le mieux possible, que son quotidien soit confortable, agréable, et qu'elle prenne du poids. Nous passons des moments plus que merveilleux, je n'ai pas une minute à moi et j'adore ça...

Aucun des médecins, jamais, n'a été alarmiste sur la malformation cardiaque de Jade. Notre fille est un bébé à surveiller. Nous allons tous les quinze jours chez le pédiatre ou chez le cardiologue faire une échographie de contrôle afin d'être sûrs que son traitement est bien toléré. Il s'agit de faire évoluer les doses en fonction de sa prise pondérale. La priorité est toujours qu'elle prenne du poids convenablement afin d'aborder au mieux l'opération à cœur ouvert prévue dans un an.

Le moment de la pesée est un stress quotidien. Si Jade n'arrive pas à grossir suivant les normes, le cardiologue a prévu de lui faire poser une sonde naso-gastrique. Cette éventualité est devenue une hantise, une véritable angoisse pour moi. J'use de stratagèmes incroyables pour tenter de lui faire absorber la bonne dose de lait chaque jour. Un biberon entier est difficile à ingurgiter pour elle. Il lui faut trois bons quarts d'heure pour prendre un biberon. Alors je fractionne le plus possible. Jade se fatigue vite et boire est pour elle épuisant. J'attends la limite de digestion et je lui propose de toutes petites doses pour qu'elle se fatigue le moins possible. J'agrandis l'orifice des tétines pour qu'elle ait le moins d'efforts possible à faire, j'ai même tenté de la nourrir à la seringue ou au doigt, comme un petit oiseau.

Je veux y arriver, coûte que coûte.

Jade a récupéré son poids de naissance avant de sortir de la maternité, mais la courbe ascendante qui doit suivre évolue en dents de scie. Elle ne parvient pas à grossir. Il y a, entre chaque biberon, la prise de son traitement. Les horaires sont fixes. Combien de fois m'a-t-il fallu la réveiller pour lui administrer ces substances au goût terriblement amer ! Cela me rend folle et c'est un supplice pour elle aussi.

Tout est paradoxe : il faut se nourrir pour grossir, mais se nourrir provoque beaucoup de fatigue ; il faut dormir pour prendre des forces et grandir, mais se réveiller pour ingurgiter les médicaments à la saveur plus que repoussante, cela ne laisse que très peu de temps de répit...

Combien de fois nous sommes-nous endormies l'une contre l'autre, ma fille et moi ! Comme j'aime ces moments : sa tête tendrement lovée dans le creux de mon cou, sa petite bouche en cœur entrouverte et ses bras sur mes épaules. Je n'ai jamais vécu pareille sensation d'apaisement. Il m'arrive de ressentir encore le bien-être que cela me procurait... J'en ressens le manque surtout, aujourd'hui. Je donnerais n'importe quoi pour revivre ces moments avec elle.

Les régurgitations font également partie de notre quotidien. Pas un seul jour sans que notre princesse vomisse, pratiquement après chaque tétée. Autrefois, j'avais une phobie du vomi. Si je devais vomir, j'en tombais dans les pommes. Je suis vaccinée maintenant, et Jade se montre bien plus courageuse que moi. À chaque régurgitation, elle me regarde, l'air de dire : « J'ai vomi, mais c'est pas grave, maman ! »

Parfois, malgré tout, les rejets sont impressionnants et éprouvants pour elle. Personne n'a trouvé de solution pour remédier à ce phénomène, sans conséquence pour un bébé en général. Mais pour

Jade tout est compliqué, et la prise de poids devient, au fur et à mesure, plus problématique. La sonde naso-gastrique se rapproche à grands pas et je suis pétrifiée. Imaginer mon bébé relié à une machine pour se nourrir me traumatise.

À ce moment-là, évidemment, je ne peux savoir tout ce que nous allons vivre par la suite. Ce qui est traumatisant un jour peut devenir assez banal un autre jour.

Très vite, nous avons appris à manier la sonde et à manœuvrer la machine qui l'accompagne, quasiment les yeux fermés. Nous arrivons à donner le bain avec, à la retirer en urgence après un gros vomi ou après que Jade a tiré dessus. Le danger est que la sonde se déplace. Il fallait être très attentif à ce qu'elle soit bien placée. Aussi, nous la vérifions avant chaque mise en route de la nutrition. On nous a entraînés, à l'hôpital.

Cette manipulation effrayante est devenue quasi ordinaire avec le temps, on nous a appris comment faire et nous exécutons facilement ces gestes quotidiens : envoyer une petite quantité d'air dans l'estomac à l'aide d'une seringue placée à l'extrémité de la sonde, l'oreille collée contre l'abdomen de Jade pour entendre le petit bruit très distinctif qui nous indique le bon emplacement de la sonde dans l'estomac. Il suffit ensuite d'aspirer l'air, toujours à l'aide de la seringue... Ainsi il est possible de savoir ce qui se passe à l'intérieur du ventre de notre fille. Il m'a fallu du temps malgré tout pour arriver à effectuer cette vérification sans angoisse.

Certains parents apprennent également à poser une nouvelle sonde. Celles-ci doivent être changées tous les mois, mais je n'y suis jamais parvenue : insérer le petit tuyau dans une des narines de ma fille, attendre le moment où elle déglutit pour introduire la sonde dans sa gorge, puis dans l'œsophage, jusqu'à l'estomac... c'est trop pour moi. L'acte en lui-même n'est pas douloureux mais il est fort désagréable. Imposer cela à ma fille est au-dessus de mes capacités de maman. J'ai imaginé bien souvent la sensation que Jade pouvait éprouver avec ce petit tuyau vingt-quatre heures sur vingt-quatre. Cela, j'en suis persuadée, doit être extrêmement gênant. D'ailleurs, dès le moment où la sonde a été posée, notre petite ne voulait quasiment plus prendre ses biberons. L'idée était pourtant qu'elle boive au biberon ce qu'il lui était possible et que l'on complète les millilitres manquants par le biais de la nutrition entérale. Comment demander à un nourrisson de deux mois, déjà affaibli par une pathologie cardiaque, de téter des biberons avec un tuyau – aussi fin soit-il – qui lui traverse la gorge ? Je pense que cela m'aurait coupé également l'envie d'ingurgiter quoi que ce soit.

Après un mois d'essais infructueux, nous devons nous rendre à l'évidence : notre bébé peine à prendre ses biberons, et sa courbe de poids n'est pas satisfaisante.

J'appelle notre pédiatre toutes les quarante-huit heures pour lui faire part des quelques grammes qui s'ajoutent ou non sur la balance. D'un commun accord avec les médecins, nous avons dû faire rentrer Jade à l'hôpital. La sonde naso-gastrique est devenue indispensable, au moins pour compléter la dose qu'elle ne veut plus prendre. Une petite surveillance pour ce démarrage est nécessaire.

Après auscultation, notre pédiatre n'a pas voulu se contenter de son seul diagnostic. Au lieu de rentrer à la maison, nous prenons le chemin de l'hôpital, non pas de l'Archet, parce que Jade est maintenant trop grande pour être en néonatalogie, mais celui de Lenval.

11

Petite princesse combattante

Nous voici depuis trois semaines à l'hôpital Lenval à Nice. Nous connaissons déjà cet établissement pour l'avoir approché à la naissance de Jade. Cette fois encore, l'anxiété est omniprésente.

Trois semaines que nous sommes enfermées là, elle et moi, sans aucun résultat, aucune amélioration. Je finis par penser que nous serions mieux à la maison. Le va-et-vient des médecins, le jour comme la nuit, est épuisant. Et je ne parle pas des jeunes internes qui viennent apprendre leur métier sur le tas. Évidemment, c'est important, évidemment, c'est en pratiquant que l'on devient... praticien! Mais venir s'entraîner sur ma fille, si fragile, si petite, la réveiller, la déshabiller pour l'ausculter, alors que cela a été fait une heure auparavant par un médecin, me rend dingue. Je n'en peux plus, je suis une maman perdue qui ne voit pas d'issue positive pour son bébé. Je me transforme en louve protectrice, je me sens impuissante, seule comme jamais.

Et j'ai peur.

Nos moments de câlins deviennent moins évidents et la frustration commence à s'installer. Jade est reliée par de petites électrodes à un moniteur pour la surveillance de son cœur, en plus de la sonde naso-gastrique tant redoutée...

Donner le bain est aussi moins festif. Mettre des pyjamas qui se boutonnent dans le dos n'est plus possible : trop compliqué avec les électrodes, trop contraignant à enlever pour les examens. Les petits pyjamas qui s'ouvrent sur le devant me permettent quelque fois de ne pas la réveiller pour les consultations de contrôle. Et quelques minutes de sommeil non interrompues, c'est précieux pour ces tout-petits. Dormir, c'est grandir, et dormir, c'est moins de stress. Je cherche toutes les solutions possibles pour un meilleur confort et surtout je ne quitte jamais mon bébé plus de cinq minutes par jour, toujours en prévenant les infirmières afin qu'elles prennent le relais pendant mon absence.

Mon mari, lui, est en tournage. Dans le Sud, heureusement. Il nous rejoint chaque soir pour nous embrasser et demander les comptes rendus au service. Il est toujours très impliqué et surtout il ose là où moi je n'ose pas. Pour lui, après l'heure, c'est encore l'heure. Si un médecin n'est pas visible, il l'appelle, il va chercher les informations là où elles se trouvent, avec un sourire désarmant toujours, et beaucoup de conviction. Je l'admire pour cela.

Je profite de sa venue pour prendre un peu l'air, marcher quelques minutes, acheter à grignoter, à boire. Nous sommes loin, très loin du confort de la maternité. Quand je pense que tous, ici, mangent chaque jour de cette façon... Car même s'ils se plaignent, rien ne change.

Mais ma priorité est tout autre, elle est vitale.

Le poids de Jade n'est toujours pas satisfaisant. Elle a même perdu quelques précieux grammes à cause d'un virus gastrique. Le rotavirus sévit au sein de l'hôpital. Malgré les précautions et probablement à cause de certaines allées et venues parfois non justifiées, elle n'a pas été épargnée. Cette diarrhée sévère et aiguë l'a considérablement affaiblie.

La nutrition par sonde naso-gastrique ne semble pas être une technique bien maîtrisée dans cet hôpital. Et, surtout, la pathologie de notre fille demande à être suivie par une équipe spécialisée. Le résultat de la dernière radiographie thoracique m'a littéralement effrayée. L'implication de tous est là, mais leurs limites aussi. Ma peur atteint son paroxysme. Je décide d'appeler l'hôpital Necker de Paris.

Nous étions entrés en relation avec le service de cardiologie de cet hôpital pédiatrique après avoir appris la malformation de Jade. Il était prévu que nous rencontrions l'équipe du chirurgien très réputé, Olivier Raisky, quand Jade aurait environ cinq mois. Je leur explique ma préoccupation. Mon instinct de maman est immédiatement pris en compte. Je leur demande de se mettre en relation avec l'équipe de Nice afin d'avoir les derniers bilans échographiques et radiographiques de Jade. Leur conclusion est sans appel, nous devons être acheminés dans les plus brefs délais à Necker.

Jade est fatiguée, polypnéique (augmentation de la fréquence respiratoire), sa condition cardiaque ne semble pas s'améliorer. Heureusement, c'est à ce moment que le tournage de mon mari s'achève : il peut prendre la route pour nous rejoindre à Paris. De notre côté, nous prenons l'avion pour la capitale, accompagnées d'une infirmière.

Ce trajet était risqué, il pouvait être fatal pour un si petit bébé atteint d'une pathologie cardiaque comme celle de Jade. Mais cela, je ne l'ai appris qu'à mon arrivée.

La nuit qui a précédé le départ, je n'ai pas fermé l'œil, mais cela m'était devenu habituel. Depuis la naissance de Jade, pas une seule de mes nuits n'avait été réparatrice. Lorsque je finissais par m'écrouler, je me réveillais aussitôt pour m'assurer que ma petite allait bien, je contrôlais sa respiration, je m'assurais que son visage était apaisé, ma main restait toujours près d'elle. Malgré les discours réconfortants, je n'étais pas sereine. Je prenais ma douche tous les jours à la va-vite. Je surveillais ma fille comme le lait sur le feu et je sais que je faisais bien. Jade pouvait vomir n'importe quand, sa respiration pouvait être gênée, et je ne voulais pas attendre que le scope sonne pour signaler un problème : je voulais l'éviter.

Nous sommes en décembre, ce mois que je n'aime pas. Je pensais que cette année il serait merveilleux, ce mois fatidique, puisque nous allions fêter le premier Noël en famille avec notre Jade. Devenir maman, pensais-je encore, me ferait renouer avec les traditions de fin d'année. J'étais heureuse, malgré ce démarrage compliqué, d'envisager les fêtes.

À travers les fenêtres de notre chambre d'hôpital, le père Noël me nargue. Gigantesque, rouge, tout éclairé, avec son traîneau et ses rennes, il trône fièrement sur la Promenade des Anglais. Il illumine la Méditerranée jusqu'aux murs de la chambre. Je ne sais pas si je dois l'aimer ou non. Je ne peux m'empêcher de l'observer avec une certaine mélancolie...

Dans quelques heures nous aurons rejoint la capitale. Je me sens épuisée, minée par l'inquiétude. Je suis impatiente que ma fille soit prise en charge, qu'enfin elle puisse reprendre des forces, du poids, et que nous puissions parler plus concrètement avec le chirurgien de sa future réparation du cœur.

Je la regarde avec un amour infini et lui susurre quelques « Je t'aime ». Je ne parviens pas à m'assoupir. Bientôt, il sera l'heure.

Dans l'avion, Jade me semble à bout de forces, ou peut-être est-ce moi qui le suis. Les deux, je pense. Mon regard s'évade vers l'horizon, nous sommes au-dessus des nuage, c'est beau à contempler. Je ne sais plus quoi penser, je n'ai qu'une envie, rejoindre mon mari qui déjà doit nous attendre à l'hôpital Necker. Le trajet me semble interminable, mais enfin, nous arrivons, et Jade retrouve son papa. Elle sera bientôt remise en forme. Nous l'espérons, nous y croyons. Notre vie, pour plus de sécurité, s'organisera à Paris. Rien d'autre n'a d'importance. J'ai juste besoin de la savoir entre de bonnes mains. Nous ne pouvons pas être mieux encadrés qu'ici.

À notre arrivée au service de cardiologie pour enfants de l'hôpital Necker, nous rencontrons le professeur Raisky. C'est lui qui, plus tard, devra effectuer l'opération à cœur ouvert. Nous étions déjà en contact téléphonique, mais nous ne nous étions jamais rencontrés. Olivier Raisky est un personnage impressionnant. C'est un homme mince, jeune, qui, au premier abord, peut donner une impression de froideur, mais c'est un grand chirurgien, humain et passionné par son métier. C'est un médecin qui fait autorité dans le domaine de la chirurgie des malformations cardiaques du nourrisson. Il dirige un service à Necker où se réalisent bon nombre d'opérations par mois, comme celle que doit subir Jade.

Raisky observe notre fille, rien n'échappe à son regard avisé, ses gestes sont précis et efficaces. Mon mari et moi éprouvons un soulagement immense.

Malgré tout, le silence est pesant, il me rappelle celui qui avait entouré la toute première échographie, celle qui avait permis de déceler la malformation, celle qui, après les quatre plus beaux jours de ma vie avec mon bébé à la maternité, nous avait plongés dans les affres de la peur...

Raisky finit par nous expliquer la chirurgie réparatrice qui reconstruira les parois du cœur de notre fille. Ici, des enfants de tous les coins du monde arrivent pour ce genre d'intervention. Les chirurgiens peuvent tout, nous dit-il : changer un tout petit organe sur un bébé de quatre mois, ils sont capables de le faire. Le problème est le postopératoire, car il est très rare que survienne un problème sur la table d'opération. C'est seulement soixante-douze heures après qu'ils savent s'ils ont réussi. Il est impossible de prévoir comment un enfant va réagir suite à une telle opération. Reste donc une grande incertitude.

Ces paroles évidemment font peur, mais il est primordial que nous soyons informés complètement et que nous prenions connaissances des choses, des bonnes comme des plus effrayantes.

Jade est maintenant dans le meilleur service du monde pour le genre de pathologie dont elle souffre. Elle ne peut être en de meilleures mains. Le ton calme et assuré du professeur Raisky nous met tant bien que mal en confiance.

Malgré ce verdict sans appel, nous ne pouvons pas laisser notre fille se fatiguer ainsi. Trop de sang passe dans les poumons, elle doit subir un cerclage de l'artère pulmonaire. Nous avions déjà évoqué cette hypothèse avec Raisky. La vie quotidienne des petits patients, après cette intervention, est en général considérablement améliorée. Il s'agit de réduire la pression sanguine pour permettre au bébé de récupérer. En général, après cette opération sans gravité, dit-il, l'enfant reprend des forces et va beaucoup mieux. Jade devrait ainsi retrouver énergie, appétit et donc reprendre du poids. De plus, ce qui n'est pas négligeable, nous pourrons très probablement lui enlever sa sonde naso-gastrique. En attendant la grande opération...

L'idée d'une intervention sur le corps minuscule de notre fille m'effraie. Mais le médecin nous rassure. Il nous explique qu'il s'agit d'un acte chirurgical tout à fait bénin, très simple à effectuer pour un chirurgien expérimenté. Il suffit de placer un petit anneau autour de l'artère pulmonaire et de le resserrer comme un lacet pour réduire la pression sanguine trop importante. Évidemment, nous ne sommes pas allés à l'encontre de l'avis du chirurgien. Malgré la peur que nous éprouvons, ce petit cerclage nous paraît être un nouveau démarrage pour notre bébé. Notre moral remonte : nous nous répétons sans cesse que notre fille est soignée par une équipe de gens compétents et attentifs, dirigée par un grand chirurgien.

La petite opération qu'elle va subir lui permettra de grossir et d'aller mieux. Nous sommes rassurés, nous allons pouvoir nous détendre un peu. Enfin, pour la première fois depuis ce jour fatidique où nous avons appris que notre bébé avait une malformation cardiaque, nous reprenons confiance.

Il nous faut malgré tout trouver le courage d'affronter cette première intervention prévue dans quarante-huit heures.

Jade rentre au bloc le 22 décembre. Noël aura une saveur toute particulière cette fois encore, mais l'opération qu'elle va subir nous ouvrira les portes de l'apaisement. Nous sommes si impatients de voir notre bébé soulagé.

La veille de l'intervention, Jade fait sa première grosse bradycardie caractérisée par un ralentissement important du rythme cardiaque. C'est en tout cas la première que nous avons pu identifier grâce au scope auquel elle est reliée. Nos doutes alors s'envolent et nous attendons avec impatience le cerclage. Nous sommes installés dans une chambre rénovée et joliment décorée, avec des peintures représentant des personnages de dessins animés et un lit accompagnant permettant au papa ou à la maman de passer la nuit auprès de son petit. Ce lit confortable se transforme en fauteuil pendant la journée. Il est essentiel, au moment des tétées par exemple, ou encore pour s'octroyer quelques instants de peau à peau avec son enfant. Il est précieux également à d'autres moments privilégiés en dehors du lit, moments pour la plupart médicalisés. Cela me semble important psychologiquement pour l'enfant et pour les parents qui l'accompagnent.

Cependant je constate que, pour cette fois, nous sommes privilégiés et que toutes les chambres ne sont pas ainsi décorées et équipées. Les moyens manquent, les choses se font petit à petit, par secteur, mais le désir, ici, est d'y parvenir au plus vite. Médecins, aides-soignants, chirurgiens, tous reconnaissent qu'un meilleur encadrement des opérations ainsi qu'une récupération dans un cadre agréable, confortable, rassure les petits patients et optimise l'effet des soins.

Ce sera le premier déclic qui aboutira à la création de l'association à laquelle je participe aujourd'hui avec l'hôpital. Elle me permet d'utiliser mon image pour aider les petits malades et solliciter les gens à apporter des dons afin d'améliorer le quotidien des enfants et de leurs parents.

L'implication de tous au service de cardiologie de Necker est admirable. Je découvre ce corps médical au sein duquel chacun, à son niveau, se donne sans compter. Du grand professeur, du chirurgien prestigieux à la jeune puéricultrice, tous se consacrent corps et âme à cette noble tâche : redonner la santé à des milliers d'enfants et, souvent, leur sauver la vie.

Je me surprends à penser à la futilité de ma vie. J'aurais aimé remonter quelque vingt ans en arrière, être meilleure à l'école et devenir une de ces personnes.

Je les ai observées quelquefois, je me souviens, avant d'entrer dans le secteur très sécurisé de la réanimation cardiaque, un endroit où l'on ne voudrait jamais mettre les pieds, un lieu où la vie frôle la mort. Avant de pénétrer dans cette enceinte, nous devons nous annoncer. Seuls les parents y sont autorisés. Nous attendons un moment, dans un sas intermédiaire. Parfois nous avons simplement besoin de prendre un peu de temps pour rassembler nos forces, exorciser la peur qui nous habite et que nous ne voulons pas transmettre à notre fille. C'est un espace-temps où nous nous habillons de la force nécessaire pour affronter les heures qui vont suivre.

De cet endroit nous pouvons voir l'étage de la néonatalogie, où sont soignés les nouveau-nés et les grands prématurés.

Je me souviens de ces femmes et de ces hommes, de leurs gestes méticuleux, délicats et précis, de cet amour qui se dégageait d'eux. Cela était perceptible, même de loin. Et cette attention toute particulière qu'ils manifestaient, pour apaiser les souffrances et prendre soin de ces petites vies si fragiles et si vulnérables, m'avait bouleversée.

Ce sont des souvenirs marquants et émouvants.

L'intervention de notre petite Jade est pour le lendemain. J'ai demandé à mon mari de me laisser dormir auprès d'elle. Il a compris et accepté. Il est resté jusqu'au moment du coucher. Nous nous retrouverons le lendemain à 7 heures, avant l'entrée au bloc. L'interruption de l'alimentation est prévue vers minuit. Bientôt Jade manifestera l'envie de manger et ce ne sera pas possible. J'use d'attentions, de câlins, de tétine pour faire passer le temps. Son sommeil, entrecoupé de manifestations d'inconfort, me fend le cœur. Je ne peux que la faire patienter en essayant de créer autour d'elle une ambiance douce et tranquille. J'ai l'autorisation de lui donner quelques microgouttes de glucose pour la calmer un peu. Les heures défilent ainsi jusqu'au moment de l'habiller d'une trop grande blouse stérile. L'étau se resserre autour de ma gorge jusqu'à la douleur. Le moment est venu. C'est maintenant.

Mon mari ne semble pas avoir eu beaucoup d'heures de sommeil non plus. Je le sens partagé entre l'appréhension et le désir que ce soit fait au plus vite.

Dans mes bras, Jade me regarde fixement, comme pour m'interroger sur ce qui va se passer. Quelques mots rassurants parviennent à s'échapper de ma bouche. Au bout de ce long couloir, les lourdes portes bientôt vont se refermer. Des larmes silencieuses inondent mon visage. Nous embrassons encore et encore notre petite princesse.

— À tout à l'heure, ma chérie, n'oublie pas que l'on t'aime.

Nous avons peur de ne plus la revoir.

Et commencent trois longues heures d'attente, interminables, insupportables. Trois longues heures à imaginer et à ressentir dans notre chair chacun des gestes du chirurgien. Trois heures, une éternité, à prier de toutes nos forces pour que l'opération se passe bien. Tout ce que nous souhaitons, c'est que notre enfant soit soulagée, qu'elle puisse prendre des biberons plus conséquents afin de gagner du poids, que son quotidien soit allégé, qu'elle se sente mieux, qu'elle prenne des forces.

Nous sommes retournés dans sa chambre. Il nous est impossible d'y rester. La vue de ce petit lit vide est juste invivable. Nous rejoignons Marion, l'assistante du professeur Rayski, charmante, apaisante. Son écoute, sa compréhension et sa gentillesse nous touchent profondément. Nous parlons un peu. Elle nous fait part des incroyables métamorphoses d'enfants après le cerclage. C'est, semble-t-il, comme une seconde naissance pour certains. Marion nous prévient que le postopératoire est impressionnant car il nécessite un appareillage important pour pallier les risques de la réanimation. Le changement de la pression sanguine, après cette intervention, est considérable.

Tant bien que mal, nous nous préparons à cette vision, notre espoir parvient à tout dominer. Nous nous disons encore : il ne s'agit que de quelques jours angoissants avant une longue et belle vie. Nous suivons les conseils de Marion, nous allons prendre l'air, marcher, puis nous rentrons chez nous, téléphone à portée de main. Pas un mot ne parvient à sortir de notre bouche, nos yeux sont fixés sur ce téléphone, qui, trois heures plus tard, finit par sonner.

C'est Marion, heureuse de nous annoncer que le petit cerclage est bien posé et que l'intervention s'est bien passée... Nous tombons dans les bras l'un de l'autre, des larmes de joie nous inondent le visage et, vite, nous fonçons vers l'hôpital pour retrouver notre princesse en réanimation.

Arrivés au vestiaire, nous endossons chaussons, blouse et masque de protection, et passons par la désinfection obligatoire des mains. L'hygiène est stricte, nous comprenons pourquoi à la simple vue des premières salles. De petits lits en Plexiglas transparent se dressent au milieu de chaque chambre aux portes coulissantes, toutes ouvertes pour une meilleure surveillance. Elles forment un arc de cercle autour d'une réception où se réunissent médecins, infirmiers, chirurgiens et autres. Le retour des scopes de chaque enfant est visible et l'accès aux chambres est immédiat. Le son des divers appareils est oppressant, chacun d'entre eux représente une information indispensable sur l'état des enfants. Tout se joue ici à la seconde près.

La présence de ces machines imposantes rend l'ambiance de la réanimation cardiaque très impressionnante. En face de nous, une petite pancarte ornée d'une fleur, avec, écrit en lettres majuscules : JADE.

L'émotion de voir notre bébé est immense, le choc l'est tout autant. Nous n'osons pas nous approcher.

Malgré les paroles prudentes de Marion qui avait voulu nous prévenir sans trop nous effrayer, je n'avais pas imaginé que les soins postopératoires seraient aussi lourds. Si l'acte chirurgical en lui-même est simple – contrôler le niveau de serrage pour que le flux sanguin soit compatible avec la capacité du petit cœur –, la réanimation, elle, est hallucinante.

Jade, dans son petit lit transparent, n'a pas un centimètre carré de peau libre, ses petits poignets et ses petits pieds sont attachés, des appareils prennent le relais de ses fonctions vitales, elle ne respire pas par elle-même. Des substances lui sont infusées par tous les orifices. Des drains sortent de son petit ventre, une multitude de fils reliés à des pousse-seringues l'entourent, d'autres sont insérés au niveau de l'aine... Quelle souffrance de la voir ainsi, toute petite, minuscule, connectée par ces innombrables tuyaux à des machines qui nous paraissent tellement angoissantes ! Notre bébé à ce moment-là nous semble si vulnérable ! Elle respire bien, elle ne souffre pas, nous dit-on.

Notre petite est mise sous sédatifs pour que son corps s'habitue à son nouveau flux sanguin. Un temps d'adaptation est nécessaire.

Passé le premier choc, nous comprenons que tous ces tubes, tous ces drains, toutes ces machines sont indispensables à sa vie. Le progrès, même s'il peut sembler effrayant, est un privilège merveilleux.

Et malgré les sédatifs, les antidouleurs, les calmants, les machines, lorsque nous nous approchons de son berceau, Jade sent notre présence. L'amour, plus fort que tout : ses cils bougent, comme pour nous signifier : « Je sais que vous êtes là... Je suis impressionnante, mais ça va, je gère... »

Quelques jours sont nécessaires avant de baisser la sédation, quelques jours également pour l'extuber.

Nous devons être patients. Nous attendons donc le plus calmement possible l'heure de son réveil.

En réanimation, il est interdit de rester la nuit. À contrecœur, nous quittons les lieux. L'équipe évidemment reste à notre entière disposition vingt-quatre heures sur vingt-quatre, nous pouvons appeler durant la nuit autant de fois qu'il nous sera nécessaire pour prendre des nouvelles de notre fille, pour nous informer sur l'évolution de son état. Nous l'avons fait, toutes les deux heures, jusqu'au matin où nous la retrouvons.

Le 24 décembre, la veille de Noël, Paris est illuminé, les gens s'affairent, nombreux, à la préparation du réveillon.

Nous sommes, nous, à mille lieues de cette ambiance de fête. Il pleut, il vente, il neige, nous ne sentons rien. Nous avons juste besoin de respirer, de prendre l'air et de marcher, de nous serrer fort la main et de croire que, dans quelques jours, les soucis seront derrière nous.

Certains n'ont pas d'enfants et n'en auront jamais, n'est-ce pas plus difficile pour eux d'une manière générale et plus encore en cette période de Noël ? Nous sommes une famille, nous ne l'oublions pas, et c'est la plus belle chose au monde.

Les petites boules de sapin gravées du prénom de Jade serviront l'année prochaine. Elle sera plus grande et en profitera pleinement... J'en rêve déjà.

Nous nous écroulons de fatigue un court instant. Mais, toute la nuit, nous nous réveillons à heures régulières et nous contactons l'hôpital pour veiller sur notre fille à distance.

La journée du lendemain est un peu délicate. L'état de Jade est instable, elle fait des épisodes de désaturation et de bradycardie. La sédation doit être augmentée, ses poumons sont encombrés. Les médecins la jugent fébrile et il faut surveiller sa température. Au lieu d'avancer à petits pas, il me semble que nous reculons.

Les premières quarante-huit heures sont donc compliquées. Cela n'est pas le cas pour tous les petits opérés, mais ça arrive.

Nous tentons de rassurer notre famille. Chacun est dans son coin, suspendu à nos appels. Nous essayons de notre mieux de les tranquilliser. Nous ne disons pas tout d'ailleurs, il est inutile de les inquiéter.

Sur le chemin du retour vers chez nous, les rues s'étaient vidées, les foyers étaient à leurs festivités. Nous grignotons, nous, au hasard de ce qu'on trouve dans le frigo. Nous n'avons pas faim, juste besoin de nous détendre un peu.

Des messages de joyeux Noël pour nous et notre bébé nous parviennent, nombreux. C'est vrai, le premier Noël avec un enfant, c'est un moment de joie que l'on n'oublie pas...

Notre famille mise à part, personne n'est au courant de ce que nous traversons, nous répondons comme si de rien était. Personne ne se doute du calvaire que nous vivons. S'ils savaient, tous !

12

Le père Noël est une ordure

Nous sommes à quelques pas de la maison, le numéro de la réanimation cardiaque s'affiche sur le portable de mon mari. Il provoque comme une électrocution. Ces appels ne présagent pas, en général, quelque chose de bon. En effet, celui-ci nous foudroie : on nous apprend que notre petite Jade vient de faire un arrêt cardiaque... Nous l'avons « récupérée », nous dit-on. Il faut la plonger en hypothermie pour économiser les réserves d'oxygène et protéger ainsi des organes comme le cœur, le cerveau et les reins.

Nous sommes le 24 décembre. Le père Noël est une ordure.

En moins de cinq minutes nous sommes au chevet de notre fille. Les médecins nous parlent posément. Le pire a été évité. Leur rapidité à réagir a sauvé notre enfant. Quelques secondes d'inattention auraient pu lui être fatales. Nous sommes plus que reconnaissants. Pas de réveillon pour eux non plus. Ils ont la responsabilité d'une dizaine de vies à surveiller, la tension, ici, est permanente et la concentration intense.

Je découvre ma fille, mon bébé, mon amour, toute ma vie, recouverte de sacs de glace... Cette vision est insoutenable. Je m'effondre. Mon mari me prend dans ses bras et me serre fort contre lui. Il se veut confiant et courageux. Le supplice prendra-t-il fin un jour ? Le sort va-t-il s'acharner encore longtemps contre nous ? Je suis à bout de forces, les mots ne sont pas assez forts pour exprimer ma peur et ma douleur. Je voudrais me réveiller de ce cauchemar, je n'arrive plus à respirer, c'est mon cœur qui bientôt va lâcher, de tant de tout.

Un électroencéphalogramme doit être fait pour s'assurer que les cellules du cerveau ne sont pas endommagées par l'arrêt cardiaque.

Cela ne s'arrêtera donc jamais ? Comment résister à tout cela ? Comment réussir à prendre sur soi pour aider notre fille à se battre ? Nous le devons et nous y sommes arrivés. Il existe des forces cachées que nous ne soupçonnons même pas.

Mais le sort s'est acharné. Au matin du 31 décembre, le numéro de la réanimation s'affiche à nouveau sur le portable de mon mari. Nous sommes réveillés en sursaut. Cette fois, notre fille vient de faire un épanchement péricardique. Du liquide s'est accumulé dans le péricarde, la poche qui contient le cœur. Ce liquide comprime peu à peu le cœur, ce qui met la vie de l'enfant en danger. Le bloc opératoire est en préparation et l'intervention doit se faire de façon très urgente.

Une fois de plus, nous arrivons en trombe à l'hôpital, morts d'angoisse, juste au moment où notre fille est amenée aux portes du bloc. Impossible de l'embrasser, les minutes sont comptées. L'agitation contrôlée de tous nous paralyse. Tout va très vite. Nous nous retrouvons à nouveau seuls dans l'anxiété et l'attente du retour de notre enfant.

Raisky est parti en vacances. Que s'est-il passé ? Un autre que lui va intervenir sur notre fille et cela me terrifie.

De gros drains ont dû lui être posés pour éviter un nouvel épanchement. De nouveau, nous devons faire face, avec notre petit bout de chou, à la lourde réanimation cardiaque.

Je repense aux paroles de l'assistante de Raisky : elle nous avait avoué qu'elle-même ne se rendait jamais dans le service de réanimation des bébés, c'était trop dur, elle n'y arrivait pas. On y faisait des miracles, mais c'était terriblement impressionnant. Je comprends maintenant ses paroles !

Jade est complètement mise sous calmants pour éviter toute souffrance. Mais quand nous entrons dans la pièce, elle le sent, une fois encore, et elle se manifeste. Cette fois, elle ouvre les yeux ! C'est bouleversant, notre petite, comme crucifiée, qui nous attend et qui sait quand nous sommes près d'elle, alors qu'elle est assommée de sédatifs. Même les médecins n'arrivent pas à le croire.

L'épanchement est réparé, Jade est réintubée, et, malgré tout, elle se remet. Lentement. Elle a fini par sortir de la réanimation lourde après une semaine. Une semaine ! On l'installe alors en réanimation légère. Une étape est franchie. Petit à petit, les tubes s'en sont allés. Je ne peux toujours pas la prendre dans mes bras, mais nous l'entourons de tout notre amour et nous lui parlons sans cesse. Je lui fais des petits massages avec de l'huile d'amande douce, j'essaie de la soulager au maximum, d'être présente tout le temps.

Le résultat du fameux électroencéphalogramme nous reviendra positif : notre petite Jade ne souffre de rien. Peu à peu nous respirons, et très vite notre princesse se réveillera de ce sommeil prolongé et périlleux.

Notre amour, notre force, notre implication forcent le respect de tous. Nous ne laissons rien passer ; chaque jour de ces trois longues semaines de réanimation, nous nous sommes battus corps et âme. Jade semble tout savoir, tout comprendre, son regard intense est poignant. Bientôt, enfin, les sourires réapparaissent. Jade fait face à la vie avec une maturité désarmante...

Il aura fallu du temps, beaucoup de temps pour qu'elle récupère de ces deux interventions. Son cœur, néanmoins, est sauvé et stabilisé. Il reste à réussir à la faire grossir avant d'envisager la réparation complète de son cœur. Cela était prévu dans une petite année. La priorité, aujourd'hui, est qu'elle reprenne goût au biberon. Son besoin, son envie de succion semblent oubliés. Le démarrage tant espéré n'est pas venu. Seule sa tétine l'intéresse, elle adore la téter des heures durant, mais n'accepte plus de biberons... Son estomac, également, nous joue des tours en refusant de digérer, même quelques millilitres. L'intervention miracle n'a pas marché pour notre petite. Ces deux allers-retours rapprochés au bloc lui ont fait perdre du poids, la sonde nasogastrique doit être de nouveau installée. Mais, avant cela, nous avons vécu une expérience encore plus traumatisante : un cathéter, qui normalement est posé au niveau du bras, a dû, chez notre fille, être placé au niveau du crâne, dans une veine de la tête qui va jusqu'au cœur. Nouveau choc, nouvelles angoisses, avec les risques d'infection à la clé...

Mais nous finissons par sortir de ce tunnel hospitalier après être passés au service de nutrition où Jade a été réalimentée et remise en forme, afin qu'elle soit assez forte pour affronter l'opération à cœur ouvert.

Notre retour à la maison a été une très grande émotion. Le personnel de l'hôpital s'était habitué à notre présence et Jade était devenue leur petite mascotte. Son caractère enjoué, ses sourires spontanés et ses très longs cils avaient charmé tout le monde. Lorsqu'il lui arrivait de changer de service, il n'était pas rare de voir venir des infirmières ou des puéricultrices qui s'en étaient occupées ailleurs. Toutes ces personnes qui s'étaient dévouées pour la soigner, prendre soin d'elle, la choyer, nous ont regardés partir, un peu tristes, mais heureuses pour elle et pour nous.

Je n'oublierai jamais ce moment du départ tant attendu, lorsque nous sommes sortis de l'enceinte de l'hôpital : je pousse fièrement Jade dans son landau ; mon mari, ému aux larmes, filme notre retour vers la maison.

Sortir des hôpitaux et respirer un peu, apporter à notre fille une vie normale nous semble être un vrai cadeau pour elle et pour nous aussi. Enfin nous allons être parents à part entière, sans être interrompus par des séjours à l'hôpital ou des allers-retours dans ces lieux ô combien angoissants.

Nous sommes retournés à la maison heureux et confiants comme jamais. Partir travailler dans le sud de la France nous est même autorisé. J'accepte donc le rôle qui vient de m'être proposé. J'arrive enfin à envisager de concilier mon rôle de maman et mon activité professionnelle dont je m'étais éloignée depuis un an. Nous prévoyons, pour mon futur tournage, d'engager une nourrice-infirmière spécialisée en pédiatrie pour m'aider à m'occuper de Jade. Si la sonde devait se déplacer, par exemple, il faut savoir la replacer. Un regard attentif, bienveillant et professionnel serait rassurant.

C'est la preuve que Jade allait bien. Quand elle souffrait ou que je la sentais en danger, je n'y pensais même pas !

Mon mari passe de premier assistant à réalisateur et va diriger son premier film. Nous serons, tous les deux, sur les plateaux de tournage à la même période, à trente kilomètres l'un de l'autre : mon mari à Martigues, moi à Marseille, accompagnée de mon bébé et de notre nounou. Nous envisageons de nous retrouver le soir et le week-end. Nous devenons des parents comme tous les autres.

Malgré une petite angoisse qui ne nous quitte jamais, la vie devient plus sereine et nous allons pouvoir profiter pleinement de notre vie à trois. Elle reprend un cours normal, avec le miracle de notre enfant, en plein cœur de nos jours, au centre de nos nuits, dans la chair même de notre bonheur. Nous sommes des parents heureux. Nous émergeons de l'enfer, mais notre petite princesse est là, au creux de nous, pour notre plus grand bonheur. Nous pouvons vivre avec l'espoir grandissant que les mois passeront vite, que nous allons traverser sans encombre l'ultime et délicate épreuve de l'opération à cœur ouvert. Nous serons bientôt libérés de l'angoisse et du lourd fardeau des soins. Un bonheur sans nuages se profile à l'horizon pour nous et notre enfant.

La vie s'organise à nouveau, autour de notre bout de chou.

Malgré un début difficile, des séjours à l'hôpital et les misères qui ont accompagné ses premiers jours, rien ne semble avoir atteint le bien-être de Jade. Elle est un bébé zen, à l'aise partout et avec tout le monde. Elle paraît heureuse, toujours. Jamais nous ne l'avons vue le visage crispé. Fatigué, oui, parfois, mais son air décontracté nous comblait de joie.

La vie est belle ! Nous sommes confiants et tellement heureux. Nous avons trouvé un rythme de croisière. La courbe de poids de Jade, enfin, progresse chaque jour, elle commence même à devenir potelée ! Le pronostic des médecins est très satisfaisant. Le cerclage est très bien accepté. Les échographies régulières affirment que le cœur se porte bien.

Nous avons l'évolution de notre enfant en images, minute par minute. Les mamies sont bombardées de clichés et de vidéos de Jade sous toutes les coutures. Elles peuvent même la voir en direct. C'est le rituel quotidien, d'envoyer à notre famille les images du jour.

Jade semble s'émerveiller de tout, elle découvre Paris, le vent sur sa peau, enfin elle peut prendre l'air. Ses grands yeux s'écarquillent sur le monde, sur la vie. Rien ne semble lui échapper. Jade a un regard expressif qui exprime déjà une gamme subtile de sentiments, ses yeux dévorent tout ce qui se passe autour d'elle. C'est un bébé enjoué, calme, qui sourit tout le temps. Un bébé cool, heureux et fort... Comme son papa, s'amuse à dire mon mari.

Elle fait la joie de ce papa gâteau, il la trimballe partout avec lui, il la garde contre lui quand il travaille devant son ordinateur. Jade, très attentive, ne rate pas une miette et s'intéresse à tout. Elle est aux anges. Combien de fois les ai-je surpris, absorbés tous les deux devant un dessin animé ! J'avais devant moi mon rêve ultime : famille unie, joyeuse et heureuse. Combien de fois également nous sommes-nous retrouvés tous les trois en plein cœur de la nuit comme si c'était le jour, la tête chiffonnée de fatigue mais tellement heureux, à se délecter de câlins et d'éclats de rire.

Jade est l'aboutissement de ma vie, le bébé de l'amour. Qu'aurais-je pu vivre de plus fort, de plus intense, de plus merveilleux ? À nous trois, nous ne faisons qu'un.

Tout, absolument tout dans notre vie d'amour n'est que délices et merveilles.

13

Ange parmi les anges

Le destin, le sort, l'absurde, le Grand Manitou, que sais-je, en ont décidé autrement. Aujourd'hui, notre petite princesse s'en est allée, vers la beauté absolue dont elle fait partie intégrante. Elle veille sur nous, ange parmi les anges. Son âme pure est désormais ma seule source d'inspiration.

Je l'avoue, lorsque ma fille s'est envolée, instinctivement, j'ai regardé au-dessus de nous, comme pour la supplier de revenir. Pendant un bref moment, j'ai voulu croire au miracle, j'ai espéré sortir de ce cauchemar qui était en train de se produire. Plus tard j'ai eu ce désir fou de pouvoir, ne serait-ce que quelques secondes, étreindre ma fille, sentir sa chaleur, son odeur, être rassurée, la savoir heureuse, apaisée... être autorisée à faire un petit aller-retour vers cet autre plan que nous imaginons pur, calme, chaleureux, enivrant.

Je me raccroche partout, à ce que je peux. J'évoque les croyances qui flottent dans l'air du temps, je glane les idées qui m'aident à avancer. Je n'ai ni les connaissances ni le savoir nécessaires pour concevoir ce qu'il advient de nous quand nous sommes confrontés à la finitude de notre vie ici-bas. Je n'ai que mon cœur et mon intuition.

Des sensations fortes me reviennent d'une expérience que j'ai vécue après un accident de la route qui aurait pu me coûter la vie : multiples fractures au niveau du dos, commotion cérébrale, lésion rénale, pronostic vital préoccupant. J'étais dans un état de douleur extrême et je pense que mon cerveau, de trop de douleurs, a fait une pause et s'est déconnecté, ce qui m'a permis d'échapper à la torture physique. J'ai éprouvé alors une sensation incroyable de légèreté et de bien-être absolu. J'étais comme absorbée au sein d'une lumière douce et divine vers laquelle je glissais avec délicatesse. L'espace de quelques secondes, il m'a semblé baigner dans un amour souverain, être dans un monde de divinité. Je flottais au-dessus de mon corps que je pouvais voir de haut. J'éprouvais un sentiment de paix et de béatitude, sans plus aucune souffrance. Je voudrais rester prudente dans mes paroles : il ne s'agit que du ressenti d'une espèce d'état second qu'il me semble avoir vécu. Je ne sais même plus si j'ai vraiment vécu cela ou s'il s'agit d'un rêve. Mais je me réfugie souvent dans l'idée de cet ailleurs de ravissement, de cet espace du meilleur et du sublime.

Car, désormais, j'évolue dans le vide. Chaque minute qui passe correspond à un rituel d'avant qui n'a plus sa raison d'être. Rompre avec ces habitudes m'est extrêmement difficile. C'est une totale désorientation du quotidien. L'absence absolue, soudaine, irrecevable.

Ma fille remplissait ma vie, elle était toute ma vie. Je ne suis que pleurs à l'intérieur, ma carapace à chaque instant peut se briser, il me faut trouver quelque chose de l'ordre du surhumain pour faire face, ne pas craquer, montrer que je suis forte, que j'avance. Parfois je me sens forte, puis il suffit d'un mot, d'un regard, d'un geste, aussi infime soit-il, pour que je sois submergée à nouveau par les larmes. Je tente de les retenir, je rassemble toutes mes forces, toute mon énergie pour tenter de faire face, pour prendre sur moi. Ma respiration se coupe, je sens ma gorge se serrer, je me retrouve comme prise dans le piège de ma douleur, sans issue de secours, et même si je tente de rester digne je comprends bien que je n'y parviens pas, pas cette fois. Le tremblement de ma bouche me trahit, j'ébauche un sourire, j'essaie de contrôler l'incontrôlable, mais mon sourire dans mes larmes se dissout.

Je pense à Jade. J'imagine qu'elle n'aime pas me voir ainsi, que ma douleur, mes larmes l'atteignent et lui font mal. Qu'impuissante face à la possible dérive de sa maman, de l'autre côté, elle aussi est en souffrance... Je l'imagine luttant contre l'impossible communication d'aujourd'hui. Ses paroles, sans qu'elles puissent m'atteindre, lui reviennent à la vitesse d'un boomerang. Alors je me relève et je reprends la lutte. Pour elle. Grâce à elle.

Jade sera peut-être la seule enfant à qui j'aurai donné naissance. Chaque instant que nous avons passé ensemble est gravé dans ma mémoire et dans mes tripes. Aujourd'hui, je vis à travers elle et en souvenir d'elle : elle me guide dans mes efforts pour apporter de l'aide à ceux qui, comme elle, souffrent dès les premiers jours de leur jeune existence. Je suis fière d'elle et de ce pouvoir qu'elle exerce sur moi.

Grâce à Jade, mes pensées, aujourd'hui, vont vers les enfants d'une façon générale, et plus précisément vers ceux qui, comme elle, séjournent longuement à l'hôpital. Après avoir passé du temps dans les services de la petite enfance de l'hôpital Necker, je me suis rendu compte de l'importance du soutien dont ils ont tous besoin : les enfants, leurs familles, le corps médical également, ces hommes et ces femmes de science qui prennent soin des petits malades. J'ai eu envie de leur apporter mon aide.

Cette envie a débouché sur une initiative concrète, suite à la mobilisation incroyable, immense, du public qui m'a témoigné son affection et sa sympathie.

Surtout, il y a eu cette lettre que j'ai postée sur Facebook quarante-huit heures après le départ de ma petite fille, à l'intention de tous ceux qui m'avaient apporté leur soutien.

J'avais écrit :

Difficile de trouver les mots... Rien ni personne n'effacera la douleur et le manque de ma petite Jade, les gazouillis ont laissé place à l'insoutenable silence, mais je tenais par ce message à vous remercier tous, sincèrement et du fond cœur. Votre soutien et vos témoignages sont profondément émouvants et nous aident à rester debout et à être plus forts...

Chacun y va de sa supposition dans les magazines sur les causes du décès de notre princesse, la presse est ainsi faite... Je ne vous en veux pas et comprends la nécessité de communiquer... Jade n'est pas partie suite à de nombreuses opérations du cœur ou par défaillance cardiaque, son cœur demandait une réparation qui était prévue lorsqu'elle serait plus grande. Quarante-huit heures avant son départ encore, les médecins étaient confiants, et nous avions cette chance de pouvoir vivre normalement. Seule l'alimentation était à suivre assidûment, Jade devait prendre du poids convenablement et nous étions heureux de constater qu'elle avait pris un rythme de croisière. Notre princesse a été admirablement suivie par les équipes de l'hôpital Necker. Nous ne l'oublions pas et vous remercions toutes et tous pour votre implication et vos attentions...

À cette heure encore, aucune évidence, «la mort subite du nourrisson» reste la plus probable. Cela ne change rien à ce que nous vivons aujourd'hui si ce n'est peut-être la brutalité et les questions...

Je garde en souvenir chaque seconde vécue auprès de ma princesse et je suis heureuse d'avoir pris le temps de profiter d'elle tous les jours.

Jade était de ces bébés qui ne pleurent pas, curieuse de tout, souriante, joyeuse et attentive... Elle a illuminé notre vie de milliers de bonheurs...

À toi ma chérie, il n'y a pas assez de mots, pas assez de temps dans une vie pour te dire à quel point je t'aime.

À mon mari qui est un homme et un papa extraordinaire et exemplaire.

Et à vous qui depuis si longtemps êtes présents.

Je vous adresse à tous d'affectueux baisers et vous remercie encore et encore.

De tout mon cœur.

Ce message a reçu plus d'un million de réactions. Un million deux cent mille messages, tous pleins de bienveillance et de compassion. L'ampleur de ce vaste mouvement d'amour et de solidarité m'a aidée à reprendre le dessus. Grâce à tous ces témoignages d'attachement de mon public, je me suis sentie plus forte, moins vulnérable, et je me suis dit qu'il fallait faire quelque chose de toute cette énergie positive qui se manifestait.

J'ai imaginé, je me suis mise à rêver : si chacune de ces personnes que le départ de Jade avait émues acceptait de verser ne serait-ce que 1 euro à l'hôpital

Necker, ensemble nous pourrions faire de grandes choses et aider à soulager des souffrances. Nous pourrions par exemple commencer par acheter des lits d'accompagnants pour la totalité de l'hôpital. Les enfants qui peuvent avoir leurs parents en permanence auprès d'eux, même la nuit, incontestablement ont plus de chance de guérir, plus de chance de récupérer rapidement.

À l'hôpital Necker, le projet d'équipement des chambres des petits malades avait déjà commencé : il fallait environ 250 fauteuils convertibles en lits pour les parents accompagnants. Chacun de ces fauteuils devant présenter les garanties de sécurité et d'hygiène nécessaires coûte 1 000 euros. J'ai voulu que nous achevions le travail commencé. Et je vous ai demandé votre aide. La réalité a dépassé mes rêves les plus fous. Grâce à vous, mon merveilleux cercle d'amis virtuels disséminés à travers toute la France, grâce à vous tous qui êtes prêts à donner de l'amour, grâce à votre généreuse contribution, nous avons achevé le travail, et la totalité des chambres de l'hôpital Necker sont aujourd'hui équipées de lits accompagnants ! Savoir que ces enfants en détresse seront entourés par leurs parents me redonne aujourd'hui sincèrement le sourire. Nous avons ainsi pu apporter de l'aide non seulement aux enfants affectés de pathologies cardiaques, mais à tous les enfants malades de Necker. Ce bel effort collectif a permis de soulager les parents qui vivent cette terrible épreuve d'avoir un enfant malade. Et les enfants traversent ce moment difficile de la maladie dans des conditions moins pénibles. Je sais également la reconnaissance du personnel médical, car la présence de ces mamans, de ces papas, aux côtés de leur enfant, leur est une aide précieuse.

Je repense à certains parents qui, par manque de moyens, passaient la nuit sur une chaise, prostrés, priant de toutes leurs forces pour que l'état critique de leur enfant s'améliore.

Je pense à ce papa qui, chaque jour, tenait serré dans ses mains le livre sacré de l'islam. Je pense à nos paroles échangées, au réconfort que nous nous apportions mutuellement, à l'espoir partagé et à nos peurs communes. Cet homme, père de quatre enfants, venait seul. La maman devait s'occuper des autres petits. Sur ses frêles épaules, il portait toute l'angoisse d'un jeune papa qui ne sait pas si son enfant va survivre.

Je n'oublierai jamais ces moments. J'espère que leur avenir sera moins douloureux que le nôtre.

Je pense à cette maman africaine croisée en réanimation cardiaque. Cette femme était seule, elle aussi, et elle comprenait difficilement notre langue. Nous l'avons guidée vers les médecins. Mettre des mots sur une situation permet de mieux l'appréhender. Le lendemain, elle nous avait remerciés et nous avions pu voir sur son visage se dessiner l'ébauche d'un sourire.

Je pense à cette ambiance de la nuit dans le carré de la réanimation où seul le son des appareils nous informe sur l'état des enfants.

Je pense encore à cette tension omniprésente, quand on sait qu'à chaque instant tout peut basculer.

Je ne peux oublier cette incroyable solidarité entre parents.

Je revois ces enfants venus de pays défavorisés, sans leurs parents, pour être opérés du cœur.

Je revois leurs regards, je ressens leur peur, leur solitude.

Je pense aussi à ces femmes formidables, ces puéricultrices qui, régulièrement, venaient leur parler, les masser, les réconforter.

Je n'oublierai jamais non plus ces bénévoles qui donnaient de leur temps et apportaient leur présence et leur amour à ces petits lorsque les parents ne pouvaient être auprès d'eux. Elles passaient des heures à les distraire, à essayer de leur faire oublier leurs souffrances.

Je pense aux clowns qui, chaque jour, faisaient l'émerveillement de ces petits convalescents. Jade était captivée par eux et leur a offert ses plus beaux sourires. C'étaient des moments si émouvants que, parfois, je n'ai pu retenir mes larmes.

Épilogue

Les possibilités d'action qui s'ouvrent à nous, grâce au partenariat établi avec l'hôpital Necker, nous permettent d'avoir de grandes ambitions ! Nous avons terminé notre participation à l'équipement des chambres de Necker en lits d'accompagnants. Un nouveau projet, plus ambitieux, nous mobilise : il s'agit maintenant de participer à la récolte de fonds pour l'acquisition d'un robot pédiatrique chirurgical. Réunir la somme nécessaire à l'achat de ce robot est une œuvre titanesque : il coûte plus de 2,5 millions d'euros. Le service en charge du mécénat à l'hôpital Necker que dirige Florence Mahé-Dombis y travaille depuis un an. Je suis heureuse de pouvoir être partie prenante de ce projet d'envergure, en mémoire de Jade. Je considère aussi comme un privilège de pouvoir offrir l'opportunité, à tous ceux qui m'ont témoigné amour et solidarité, de collaborer en tant que citoyens à l'amélioration des performances d'une institution d'exception comme l'hôpital Necker. Car cet hôpital est le nôtre, il est celui de nos enfants. Il importe qu'il garde son rang de premier plan dans le domaine de la recherche et de la technologie en matière de chirurgie pédiatrique. Une institution scientifique de cette importance, en France, qui ne posséderait pas un matériel d'avant-garde ne serait pas à la hauteur de sa tâche. Permettre à l'hôpital Necker d'acquérir un équipement de pointe, c'est permettre l'avancée des programmes de recherche dans le domaine de la chirurgie pédiatrique. Contribuer au financement et à l'acquisition de ce robot chirurgical pédiatrique, c'est participer à une entreprise totalement innovante : un appareil équivalent n'existe pas encore en France. Notre aide permettra à Necker de posséder plus rapidement cet outil de travail sophistiqué. Dans ce domaine, à mes yeux, le temps compte : chaque année gagnée représente des vies sauvées. Des vies d'enfants.

Ce robot a pour objectif une meilleure prise en charge des enfants devant subir une chirurgie. Il permet d'effectuer des actes chirurgicaux beaucoup moins invasifs, de rendre les opérations plus légères, puisqu'il est capable d'intervenir au niveau microchirurgical. Là où la main, même experte, de nos chirurgiens n'a pas accès, ce robot accomplit des prouesses extraordinaires : il atteint, grâce à des ouvertures microscopiques, des petits organes ou des secteurs inaccessibles à la main humaine, sauf à pratiquer des ouvertures extrêmement traumatisantes. La récupération, après ces opérations allégées, est moins contraignante pour les enfants et beaucoup plus rapide. La durée de ces actes chirurgicaux effectués grâce au robot est considérablement raccourcie et les petits patients peuvent sortir plus vite de l'hôpital. L'acquisition de cet appareil permettrait de sauver pas loin de deux cents vies par an.

La robotique est l'avenir de la chirurgie en général, mais tout particulièrement de la chirurgie pédiatrique.

L'adhésion de masse à un tel projet représente une petite révolution pour notre pays. En effet, la responsabilité collective au niveau des institutions de santé est une idée nouvelle en France. Alors que dans d'autres pays comme la Suède, le Danemark, la Finlande ou les États-Unis, la gestion et l'amélioration des organismes de santé est l'affaire de tous, chez nous, c'est un concept qui commence seulement à prendre corps. Nous savons maintenant que les finances publiques ne peuvent plus seules prendre en charge les coûts nécessaires à l'évolution et aux performances de ces institutions. C'est nous qui, aujourd'hui, en collaboration avec l'État, devons en assumer la responsabilité.

Cette idée nouvelle fait son chemin. Les contributions arrivent, nombreuses, à Necker : des participations de 20, 30, 50 euros venant de donateurs individuels, des chèques plus importants versés par de grandes fondations atteignant 300 000 euros ou plus... Tous ces dons ont une importance capitale. Les gens se rallient au projet et en font leur propre enjeu. C'est fantastique ! Et nous, que Jade a réunis autour de la même cause, nous allons y apporter notre pierre. J'espère qu'elle sera importante.

Car c'est nous, parents de France, qui devons décider de prendre en main la santé de nos enfants. Les enfants sont l'avenir. Ils sont notre avenir. Il n'est pas concevable que, aujourd'hui, dans notre pays, nous ne disposions pas des moyens technologiques les plus performants pour sauver des vies, les vies les plus précieuses, celles de notre progéniture. Je le redis avec force : Necker est notre hôpital le plus prestigieux, le plus avancé dans le domaine des soins prodigués aux enfants malades, nous ne pouvons pas permettre qu'il ne soit pas le mieux équipé.

L'idée nouvelle de participation de chacun à la vie d'une institution comme Necker se manifeste déjà de mille façons. J'ai parlé plus haut des bénévoles qui animaient l'hôpital et contribuaient à rendre la vie des petits malades un peu plus gaie, et parfois, moins solitaire. Elles font partie d'associations qui fonctionnent depuis très longtemps, car il a toujours existé des âmes d'élites prêtes à apporter secours à leurs frères humains en détresse.

Cette participation nouvelle manière est légèrement différente. C'est une attitude responsable et participative. Exemple : à ma dernière visite à Necker, j'ai découvert, émerveillée, que les couloirs de l'aile neuve où se trouve la section de cardiologie pédiatrique explosaient de couleurs. Il y avait là, pinceaux à la main, environnés de tubes de peinture, des jeunes artistes, filles et garçons, qui avaient pris en charge la décoration des couloirs, des salles de jeux et même des chambres des petits malades. Ils travaillaient de tout leur cœur. Et ce nouveau bâtiment, pratique et fonctionnel, mais tout gris, devenait sous leurs doigts habiles un lieu enchanté peuplé de fées, de fleurs, de nuages légers, d'oiseaux multicolores et de personnages dansants. J'étais émue aux larmes, car je me disais que ces jeunes gens seraient bientôt, eux aussi, des parents. C'est de l'avenir de leurs propres enfants qu'ils prenaient soin. Eux qui sortaient à peine de l'enfance – ils étaient joyeusement dans leur vingtaine – préparaient le futur, un futur qu'ils peignaient aux couleurs de l'arc-en-ciel. Grâce à eux, à leur talent, à leur grand cœur, les enfants de Necker auront un peu l'impression de passer leur maladie en vacances. Cela jouera certainement un rôle dans leur envie de lutter pour vivre.

Remerciements

Je voudrais remercier ici, du fond du cœur, tous ceux que nous aimons, qui nous ont témoigné amour et soutien, tous ceux qui nous aident à vivre, qui nous ont donné et nous donnent encore le meilleur d'eux-mêmes :

– Le Dr Charles Tibi. Je me souviens de sa main, délicatement posée sur mon visage avant de m'endormir, lors de la chirurgie pour ma fausse couche. Grâce à lui nous avons connu le bonheur d'être parents. Je ne l'oublierai jamais.

– Le Dr Poissonnier pour sa sollicitude, elle qui, émue aux larmes, a partagé notre chagrin lors de l'arrêt de ma première grossesse.

– Valérie, mon affectueuse sage-femme, pour nos séances de bonheur lors de la préparation de mon accouchement.

– Le Dr Albi qui, avec beaucoup d'émotion, a mis au monde notre petite Jade.

– Mlle Rigaud et ses petites « abeilles ». Elles ont fait de notre séjour à la maternité un rêve.

– Le Dr Benoit qui a eu la lourde tâche de nous annoncer la pathologie cardiaque de Jade.

– Le Dr Dageville et toute l'équipe du service de néonatalogie de l'hôpital l'Archet qui nous ont soutenus et accompagnés dans les premiers jours qui ont suivi l'annonce de la cardiopathie de Jade.

– Les médecins et les infirmières de l'hôpital Lenval qui nous ont accompagnés jusqu'à notre départ pour l'hôpital Necker.

– Le Dr D'Ollone, notre pédiatre de Cannes.

– Le Pr Raisky, chirurgien cardiaque à l'hôpital Necker, qui chaque jour sauve la vie à des enfants au cœur défaillant.

– Marion, pour sa gentillesse et son dévouement sans faille, ainsi que toute l'équipe du service de cardiologie pédiatrique : merci à vous tous pour votre abnégation et votre soutien permanent.

– Les médecins, infirmières, puéricultrices et bénévoles qui nous ont entourés avec beaucoup de respect, de générosité et de chaleur.

– Le Dr Spitz, notre pédiatre parisien.

– Mélinda, grande sœur de cœur de Jade, qui se reconnaîtra.

– Christophe Lartige, notre ami photographe, qui a été le premier à offrir ses photos pour débuter la campagne de dons en faveur de l'hôpital Necker.

– Et vous, qui à travers ces lignes avez partagé un peu de ma vie de femme et de maman.

– Tous ceux que je croise par hasard et qui me témoignent leur soutien, partagent avec moi leurs expériences ou me donnent simplement un sourire, un regard compatissant et rempli d'amour.

– Muriel, directrice éditoriale des Éditions Plon, et toute son équipe. Muriel a su trouver les mots pour me donner la force d'écrire ce livre.

– Nos amis, nos proches qui nous entourent de leur amour.

– Mes parents : que je respecte et que j'aime profondément.

– Ma famille, notre famille si chère à nos cœurs qui nous aide à avancer et à être forts. Merci encore pour votre amour sans limites.

– Nos futurs enfants. Grâce à eux, nous gardons espoir dans l'avenir.

– Tous les enfants, ces petites âmes innocentes et fragiles qui méritent le meilleur.

– Mon mari, qui est un homme et un papa extraordinaires. Je l'admire et je l'aime chaque jour davantage.

– À toi petite Jade, ma fille, mon bébé, mon amour... pour cet amour inconditionnel qui nous unit. Je t'aime du plus profond de mon cœur.

Table

La photocomposition de cet ouvrage
a été réalisée par
GRAPHIC HAINAUT
59410 Anzin

Imprimé en France par CPI
en mars 2015

pour le compte des Éditions Plon
12, Avenue d'Italie 75013 Paris

N° d'impression : 127728
Dépôt légal : mars 2015